金魚撩乱

金鱼缭乱

[日]冈本加乃子 著者
刘汉域 译者
文洁若 主编

文化发展出版社
Cultural Development Press
·北 京·

根据日本筑摩书房
「冈本かの子全集」1992年版译出

你的身上似乎流淌着一条河流，

那是在你出生前就已经注定的脉络。

不管途中遇到什么，你都能够将其卷入你的河道中去，

让自己的生命之河越发宽阔。

目录

もくろく

金鱼缭乱

金魚撩乱

复一把好不容易开始变色的仔鱼[1]一条一条捞进盘子里，仔细地用放大镜观察。今年又要失败了吗——看样子还是没法孵出理想中的金鱼。复一嘟囔着，把盘子和放大镜扔到走廊上，面无表情地仰面躺下。

从走廊边缘望去，谷地里新绿正盛，树叶浓郁得失真，树梢上的嫩叶以新绿为基调，从暗红到浅紫，几种不同的颜色层次分明。树影随风晃动，悬崖的红土一片光滑，像金色屏风一样闪过。五六丈高的斜坡上盛开着雾岛杜鹃[2]。

从崖底一带的竹丛望去，潮湿的草丛、晚开的樱草、早开的金莲，一路斑驳地长到岸边。小溪是从山

1 即鱼的幼体。

2 原文作“霧島つつじ”，日本杜鹃的原生种，原产于日本九州山岭间，植株低矮，花叶细小。

谷中涌出的自然之水，对于复一这样饲养金鱼的商贩来说是谋生之本。引出溪水的支流，就成了七八个金鱼池。池塘上覆盖着芦苇帘子，也有掀开帘子裸露在外的部分。悬崖的另一面流淌着一条大水沟，整日哗哗作响，那里汇集了全城的污水，浑浊不堪。

六年前，复一离开地方水产试验所，作为金鱼铺的继承人再次被养父母接回来的时候，也是这样一个山谷里的花朵正要凋谢的晚春时节。

复一从出生到青年时期去地方水产学校上学，一直都生活在这里。但他仿佛直到六年前才注意到，东京的山脚下还有这样一处世外桃源，当上占据整个山谷的金鱼铺的主人，他由衷地感到高兴。然而，六年之后的今天，看到这样柔和的景色，听到潺潺的水声，反而让他坚硬的心更加干涸。他双眼无神地望向悬崖之上。

草坪延伸到了悬崖的尽头，上面立着一座雄伟的府邸，其中一端是一座罗马式的半圆形祠堂。阳光投向每一根圆柱，清晰地勾勒出紫色玫瑰丛的阴影，透过圆柱之间的缝隙可以看到高远的蓝天，白云在空中悠然地踱步。

半圆祠堂正中央坐着府邸的夫人真佐子，她挺着丰腴的身姿，阳光洒在她的胸前。远远望去，她的膝盖上堆放着一团编到一半的纱线，旁边还斜倚着一个出神的女孩。这是一幅与复一的心情相去甚远的幸福图景。真佐子近视得相当厉害，大概看不清悬崖下的情景，但复一习惯了每天都这样凝视真佐子。这并不能特别刺激到他，复一渐渐不再对此场景产生什么情感，不管是嫉妒、羡慕，或者是留恋，这样，他的心里便也没有任何起伏。

"今天也必须面对那幅画面啊。一个和自己毫无关系却也可以抬头挺胸生活下去的女人，一个对自己来说是命中注定无法了断的女人……"

复一忽然站起来，点上了一支烟。

那时候，真佐子被叫作"悬崖府上的小姐"，她并不怎么引人注目，常常沉默寡言地低着头，习惯性地咬住下唇。母亲早亡，被父亲一手养大的独生女——任谁看来都是个寂寞的孩子。真佐子并不专注于思考某一件事，对外界的反应表现得十分迟钝。有时她提着小桶一个人来复一家买金鱼，回去的路上被小狗追赶，慌张是慌张，可动作还是慢悠悠的，而且一定要逃到绝对安全的距离，平静下来后才如梦初醒般地露出恐惧的神色。复一的养父宗十郎看到她毫无心机可言的一双圆溜溜的眼睛和与众不同的动作，笑着念叨：“这孩子，简直像兰寿[1]金鱼。”

由于一些说不清的阶级意识，悬崖下的金鱼铺一家对府邸的人怀有反感，复一在小学放学回家的路上就把真佐子当作邻居的小孩来欺负，他家的大人对此也并不责备。偶尔府邸的女佣来金鱼铺诉苦，他们当面表现出一副认错的态度，等女佣回去，别说训诫复一了，连提都不会再提起。

复一以捉弄真佐子为乐，并且变本加厉。他找借口纠缠真佐子，常常指责她女人的贞操，虽然当时他们都还只是孩子。

“今天上体操课的时候，男老师不是从你的腋下把手伸进来，帮你提滑下去的腰带吗？被男老师那样——真不干净。”

“你今天给流鼻血的男孩送了两张纸巾吧？好奇

1　起源于中国的金鱼品种，因其可爱和富态被誉为“金鱼之王”。

怪呢。”

最后一定会附上一句：“你啊，已经没救了，嫁不出去的。”

每次听到这些话，真佐子就会陷入无可挽救的绝望，面色苍白，凝视着复一。她无精打采的下垂的大眼睛里只有疑惑，丝毫看不出敌意和反抗，瞳孔中充满了被这些话语刺伤的痛苦，直到面部开始激烈抽搐，珍珠色的眼泪像月亮升起一般夺眶而出。真佐子用袖子捂住脸，转过身去，她本来就比同龄的女孩高大些，宽阔的脊背无声地抽搐着。复一感到少年时期对于性的苦闷一下子烟消云散，取而代之的甜蜜哀愁充满了整个胸腔，回味无穷。复一并没有更大的敌意，却学着大人吼道：“像个女人的样子吧，野丫头！”

尽管如此，真佐子还是非常喜欢金鱼，很快就把复一欺负她的事忘得一干二净，继续来铺子里买金鱼。父母也在家时，复一并不欺负真佐子，而是面无表情地吹着口哨。

某个春天的傍晚，真佐子罕见地空手来到复一家门前散步。复一立刻发现了她，并像往常一样加以捉弄。他胸中又涌起了甜蜜的哀愁，在真佐子背后扔下一句："哪像个女人的样子！"

没想到，真佐子却出乎意料地转过身，再次和复一四目相对。少女哭泣的脸上露出的狡黠笑容，就像无花果炸裂开来露出的粉嫩果肉一样。"你说怎么才能像个女人呢？"

趁复一还没反应过来，少女突然从袖兜中张开拳头一扬，樱花的花瓣瞬间飘落了复一满脸。真佐子跳着向后退了几步，"这样就像女人啦！"说完，她咯咯笑着跑走了，笑声越来越远。

复一急忙闭上眼睛和嘴巴，但还是有几片冰凉的樱花瓣飘进了嘴里。他使劲吐了几口唾沫，最后一片花瓣却牢牢地粘在上颌深处，和柔软的口腔融合在了一起，不管用舌头去舔还是用指尖去抠，怎么也取不出来。复一慌乱起来，想着粘连住喉咙的话岂不是要死了，他大声哭喊着跑回了自家水井边上，使劲漱了口，才终于吐出那片花瓣。然而，他却再也没能拿掉无法触及的、粘在心里某个位置的苦涩。

从第二天起，复一一见到真佐子就摆出一副威风凛凛的样子，实则内心充满了自卑，话都说不出来了。真佐子反倒是一副大人模样，故意礼貌地向他点头致意，金鱼也让女佣替她来买了。

后来，真佐子和复一各自从悬崖上的府邸和山谷的金鱼铺升入中学，两个人有了不同的朋友，被不同的兴趣吸引，几乎不怎么见面了。偶然一次在电影院里碰见时，复一发现真佐子已经出落得无比美丽，因此更无法抑制内心对她的敌意。真佐子脸形匀称，轮廓分明，还带有一点儿婴儿肥。一双大眼睛微微下垂，瞳孔漆黑，嘴角上翘时有摄人心魄的魅力。从胸脯到肩膀，都是刚刚显露出女人味的丰满地带，而四肢则细长紧实。

真佐子像淑女一样挺起胸膛，用眼神轻轻行了个礼。复一的气势顿时弱了下来，下意识地避开对方的脸，转过头去，注意力全跑到了耳朵上。真佐子的同伴似乎在打听复一，她回答说："是我家崖底下金鱼铺的人，学习特别好。""学习特别好"听上去只是一句简单的说明，但是复一却羞红了脸。

世界大战[1]后，经济陷入恐慌，真佐子的府邸在财政上也遭受了沉重的打击，连悬崖下的复一一家都

1　即第一次世界大战。

听说了这个消息。但是，抬头一看却发现他们在府邸对面增建了洋房，重新改造了庭院，从复一家购买的金鱼数量也更多了。来拿金鱼饲料的女佣说："老爷好像说，工人们的工钱降低了，所以现在正是修建的时候。"悬崖边用于休息的罗马式的半圆祠堂也是在那时建起来的。

"赚钱没有乐趣的时候，至少要享受生活啊。"

说这话的是真佐子的父亲鼎造，他难得地从悬崖上下来，参观了金鱼池。鼎造身材矮小，肤色黝黑，是个身穿素雅的便装和服、袖兜里常备胃药的五十岁男人。年轻时他失去了深爱着的美丽妻子，也就是真佐子的母亲，在那之后，除了和妾室另有住处外，家中并没有再娶妻，他挺享受自己这种有操守的特质。

走廊的一边晾晒着一排金鱼桶，鼎造在另一边坐下，开始和复一的养父宗十郎闲聊。

经营这家山谷里的金鱼铺是宗十郎的家业。鼎造在悬崖上的府邸则是真佐子出生的前一年，利用现成的荒田建成的，迄今不过十五六年。

虽然是后来的，但鼎造对这一带的事情了如指掌，甚至连金鱼行当都如数家珍。鼎造的祖父也是住在东京山手[1]的山谷中，酷爱金鱼，鼎造因为有缘在这个山谷的金鱼铺上盖了房子，幼年时饲养金鱼的记忆自然跟着苏醒过来。特别是失去了美丽的爱妻之后，他的心中产生了某种缥缈的情愫，对美得不像平凡生灵的金鱼产生了更浓厚的兴趣。

鼎造说："在江户时代，饲养金鱼是身体强壮的落魄旗本武士[2]的副业。山手地区的麻布高台和赤坂高台[3]交界处有一处洼地，只要有泉水涌出的地方，大抵都养着金鱼。您家也属于其中之一吧？"

"大概是吧，毕竟家里干这一行都持续了三四代人了。"

宗十郎这位金鱼专家模糊地应答道，一边抬头望着被熏黑的天花板。也难怪他会这样回答。虽说宗十郎夫妇养大了复一，但他们本身并不是这个家族里的人。复一的亲生父母生下他后便撒手人寰，亲戚们共同指定身为家臣的宗十郎夫妇代为养育襁褓中的复

1 山手是日本江户时期幕府开辟给家臣居住的高台区域，"高台"指地势较高的开阔地，与平民所居住的低洼地区"下町"相对。

2 即战场上主将旗下的近卫武士。

3 均为东京港区的高台区域地名。

一，并继承家业。夫妇二人来到这里之前是弹唱荻江节[1]的无名乐师。“刚开始摆弄这些活物的时候，说实话莫名地害怕它们。”宗十郎坦白道，又淡然看向房间角落里复习考试的复一，继续说，“复一才是这家金鱼铺的主人，继承金鱼铺是顺理成章的，不过现在的年轻人也许有别的打算。”

“不，养金鱼有前途，一定要让他走这条路。普通的金鱼没有什么了不起的，但如果改良出新品种，卖多少价钱都不成问题！而且最近越来越多的外国人需要金鱼，在我们国家饲养金鱼已经是成熟的产业了。”

复一吃惊地回过头来，心想实业家真是精明能干。鼎造接着说：“话虽如此，但今后如果不运用科学的方法就会吃亏。恕我冒昧，如果复一上高中有什么困难的话，我多少资助一些学费吧。”

这次换宗十郎吃惊地看了看面前这个突然提出资助的有钱人。看到宗十郎的神情，鼎造压低声音说：“坦率地说，我家不是只有一条雌金鱼嘛，所以，一看到其他雄鱼就忍不住羡慕，生出好感。”

1　用日本传统弦乐器三味线伴奏演唱的一种歌谣。

复一生气了，觉得把人比喻成雌雄金鱼实在过分，就算开玩笑也得有个限度。不过他也想，改掉这种反抗的习惯，才能更好地亲近真佐子。真佐子扔出的樱花花瓣粘在了他的上颌深处，复一又怀念起这段难忘的记忆，用舌尖不停地舔着上颌。

宗十郎的妻子端茶出来，说道：“您家只有一位千金，怪操心的吧？”

鼎造嘴上却不承认：“但我能从任何地方挑选优秀的雄鱼做女婿。如果自己生了个儿子，即使是个废物也不得不让他继承家业。”

最后，复一还是按照鼎造提出的建议去了专门学校学习金鱼的饲养方法，并得到了学费上的补助。真佐子摆出什么都不知道的样子，可是复一注意到，真佐子身边确实有三个深受鼎造青睐的青年雄鱼，穿着金纽扣制服出入府邸，对复一来说十分碍眼。据他观察，真佐子完全一视同仁地对待三个人。

鼎造原先也是吃过苦的人，所以不拿提供助学金的事耍威风，只是想和这几个青年说说话，而据说友田、针谷、横地三个青年被选中的首要条件也是没有卑躬屈膝的性格。即使对帮忙支付学费的恩人家的小姐，打网球时他们依然会用球拍和真佐子打闹，也会直呼其名，像叫平常人家的女孩一样，完全从意识中掩饰了他们是一条雌鱼的三条候选雄鱼。可能这样更方便了真佐子对男人们一视同仁。

每次看到府邸的年轻男女展开如此畅快的社交，复一就会反省自己的性格并为此感到遗憾，但无论如何，他还是选择了相反的路线。

谁会和没有自我的那类人在一起呢！我才不想假装融入那种肤浅的社交。这是关乎征服还是被征服的问题，他想。然而最近，真佐子散发的女性之美渐渐超越了以往，越来越让复一觉得，自己这样一个处处带刺的青年，仅仅是走到她面前被当作恋爱的对象审视，就已经花费了所有力气。复一从这个时候开始如同其他早熟的青年一样，开始思索各种奇特的人生问题。最终，他却一步也没有爬上悬崖，而是决定用自己最擅长的倔脾气来对抗真佐子，想看看她会有怎样的反应。毕竟自己毫无光芒和个性，只是空有一身蛮力，就算混进悬崖上的那帮人中，也注定不会和谐，最后只能落得惨败的下场。更别提和真佐子这样的高岭之花交往了，只有两种结局：要么沦为心有愧疚的帮凶，要么盛气凌人，虚张声势。而自己的本质却是乖戾孤僻的，即便逞能也要做出古怪的行为。也就是说，如果复一用普通的方式争取，真佐子从一开始就是高于自己太多的对手，唯一的出路是故意放任自己的性子，这样说不定那个女孩还反而会被吸引。想起幼年时期经常过分地欺负真佐子的经历，复一渐渐让自己沉溺于这些哀伤而甜蜜的回忆中。

其间，复一从东京的中学毕业，考入了关西某家研究家畜鱼类的水产所，成为一名专修生。九月的一个夜晚，距离入学还剩一周，真佐子打着手电筒走下悬崖，把父亲鼎造交给她保管的差旅费和自己准备的饯别礼送给复一。宗十郎夫妇道谢后，真佐子一边若无其事地整理腰带的前襟，一边对复一说："离别前，我们去银座喝杯茶怎么样？"

如此顽固的复一，偶尔也有逞不了能的时候，但他还是尽了最大的努力反抗道："银座太嘈杂了，榎木町街道[1]之类的地方倒是可以去。"

1　位于日本京都市中京区，后文中的"山王""葵町""灵南坂"则是东京都港区的地名。

复一对真佐子的说话方式从三四年前就已经改变了，不知不觉间他开始习惯用一些作为朋友来说过分生硬，同时又能体现男女身份有别的话语。

“你真是找了个奇怪的地方散步呢。那好吧，就去榎木町。”

这条夜晚的街道既不像赤坂山王那么繁华，也不像六本木葵町那样紧凑，而是一条斜穿过这两条大街的小道，弥漫着令人安心的气氛。两旁的店铺门面都不大，但店门前陈列的商品琳琅满目，多种多样。路灯适当地保留了一些昏暗地带，初秋时节的灯光从店里照出来，洒在水面上，闪烁着金色的光。水果店门前的水沟盖子上堆着吃剩的西瓜，西瓜籽像一颗颗扔出的子弹。橱窗里，刚上市的梨和葡萄被摆在显眼的位置，一个胖女孩坐在折凳上看着绘本。这是一条既不喧闹也不显寂寞的小巷子。

这里少有一日元出租车来往，真佐子和复一毫不畏惧地并肩走在这条街道的中央。复一已经有六七年没有像这样走在真佐子身旁了，刚开始，复一连皮肤都很僵硬，不得不时刻小心，因为出落得如此成熟的女人，浑身四溢着女性的浆液，稍有不慎，她扭动身体的动作都有可能搅乱复一独立的性意识。然而慢慢地，有一种东西从复一内部融化了，当他感到疑惑时，不知不觉已经自己解开了包裹皮肤的僵硬感，开始享受飘浮进真佐子的氛围中的感觉了。于是，店里的灯火和街上的行人就像透过香水的热气看到的一样，变得娇媚朦胧，越来越逃脱出复一的自我意识而存在了。

但是，复一心底残留着莫名的焦虑，故意比真佐子走得慢两三步，因为他想尽量以他者视角凝视他们这对年轻男女。他清楚地看到真佐子从和服中露出的脖颈上覆着爱尔兰麻蕾丝花边，还有赤陶似的圆圆的后颈窝，连接二者的是一座美丽的小肉山，柔软得像刚捣好的年糕。

复一于是幽然感叹："这个女人的肉体美得无可挑剔，没有一点儿缺憾之处。"他比真佐子高出许多，这样执拗地观察真佐子的行为让他产生了劣等感，为了掩饰这种对不可触及之物涌起的哀伤，他垂下头来，把视线移向小巷尽头影影绰绰的山王森林。

"复一先生无论如何都要以养金鱼为业吗？"真佐子以为复一就走在她旁边，所以不经意地对着空气问道。复一落后了一段，听到这话迅速走进了她的视线。

“我也想变成个更机灵的人，但情况不允许啊。”

“说什么丧气话。如果我是你，就会高高兴兴养金鱼。”

真佐子茫然地看着复一，那也是她最认真的时候摆出的表情：“虽然听起来很狂妄，但人类能自由创造的最美的生物就是金鱼了。”

复一感到不可思议。迄今为止，他在这个女孩身上感受到的精神层面的东西只有在奢侈家庭里养成的品格，没想到从她口中听到的却是关于人生价值的批判性思考。这究竟是散步途中一时心血来潮，还是经过深思熟虑后说出的话呢。

“话虽如此，但那毕竟只是金鱼。”

真佐子茫然的脸庞上，一双漆黑的瞳孔突然放大。“你明明是金鱼铺老板的儿子，却不了解金鱼的价值啊！有的人都能为了金鱼寻死觅活呢。”

然后，她说起了从父亲那里听来的故事。

其实，在金鱼铺里长大的复一比真佐子更了解这件事，但真佐子说完后，反而在价值上推翻了复一的认识。这个故事大致是这样的：

明治二十七八年前后，日本突然爆发了一股赏玩金鱼的热潮。专家们乘此东风设立了金鱼行业协会，并尝试将金鱼出口到美国。一些具有生意头脑的金鱼商通过不同品种的杂交获得珍奇的新鱼，试图借此扩大赏玩的需求。东京近郊砂村一带有名的金鱼养殖商秋山保留了兰寿金鱼头部丰硕的肉瘤，同时又保留了琉金金鱼圆润的体形和飘逸的尾鳍，繁殖出了一个完美的新品种。一代一代地培育，经过八年的不懈努力，终于达成了目标。著名品种“秋锦”即诞生于这最初的混沌时期。

当时也出现了很多外行的热心饲养者，大家竞相为培育出的美鱼举办品评会，并制作排名榜。进行养殖设备买卖、联络的中间商层出不穷，为了饲养金鱼而落得个倾家荡产的金鱼爱好者也不在少数。而将要谈到的这位金鱼爱好者G先生，当时为了实现繁育出集所有金鱼之所长的理想品种这一近乎疯狂的目标，事先就花了大价钱购置养殖设备。

新品种金鱼要拥有和金金鱼的清秀面庞和隆起的后背，而且胸腹还要保留琉金金鱼的丰满之感。鳍要像仙女的霓裳一般环绕周身飘摇，身上是鲜艳的五彩，像刚涂出来一样，特别是必须有西班牙舞伎的波希米亚黑斑点，妖艳地散在身上。

这一超越现实的美丽金鱼已经不只是存在于G脑海中的梦想了。通过不断地杂交，渐渐也开始成为现实。但是，G早已陷入幻想中无法自拔，他家财散尽，变成了一个疯子不知所终。“辉夜姬！”衣衫褴褛的G一边呼唤着他本打算给自己创造出来的金鱼起的名字，一边仓皇离去，只留下半成品的畸形金鱼和他的故事流传在金鱼养殖者之间。

“这个叫G的人如果没有发疯着魔，而是头脑清醒地通过科学研究创造出梦中的金鱼的话，我想，他简直像英雄一样，做着需要勇气的伟大工作。”

与绘画、雕刻、建筑不同，以生命作为材料，在水中创造出令人恍惚的美丽，这是多么了不起的艺术神技啊！真佐子用尽一切说法，向复一推荐将来要走的路。来到灵南坂，走进那家美式烘焙店之前，真佐子一直说着这些话，像在鼓励复一似的。

楼上有一两只飞蛾在香黛丽雅[1]清亮的灯光下飞

1　原文作“シャンデリヤ”，即chandelier，意思是枝形吊灯。

舞，发出幽幽的寂寞的振翅声。在灯的正下方，两人坐在桌旁静静地喝茶。复一问：“虽然我也有选择前进道路的问题，但真佐子小姐，您打算怎么办呢？您已经完成了学业，又变得那么美……”

复一说不下去了。此时，真佐子在灯光下显得隐约而白皙的面孔上闪过一阵害羞，她合拢双臂说道：“问我吗？也许我还算漂亮，但也是个平凡的女人。两三年内，我也许会像大家一样结婚，自然地当上母亲吧。”

“……结婚不是这么随随便便的事吧？”

“可我们又不能调查全世界的情况，哪里能都按照自己的意愿结婚呢？人是不能随心所欲的，人，反正是不自由的。”

这听起来像是绝望之人所说的话，但是，她的声音中既没有因人生平凡而感到寂寞的悔恨，也没有从绝望中触底而起，试图把对未来的未知改写为已知的好奇心与热情。

“你对人生如此消极，可没有资格给我这样犹豫不定的青年打气，要我拿出英雄般的勇气。”

复一感到莫名的愤怒。

真佐子罕见地半咬嘴唇，像小时候沉默时常常做的那样，接着她说：“我是这样的人，但面对你，却总想这么劝你。这不是我的错，大概是你心里隐藏着某种不满的情绪，让我感受到了，借我的口说出来了。”

两人陷入了沉默。复一安静地面对真佐子，感到真佐子的人生是毫无保留的美，并且不断地、徒然地在空中燃烧。这种怜惜之情沁入复一的心田时，他就像要留住飘落的花瓣一样焦躁不安，突然想紧紧抱住真佐子……

复一叹了口气。

然后，只能感叹一句：“真是个安静的夜晚啊！”

复一作为专修生进入的水产试验所位于关西一片宽广的湖边。县厅所在的O市恰好是晚饭后散步便可前往的距离。

他租住在试验所前一家以制作圆筒、小匣为行当的偏房里，开始了单纯的学徒生活——白天去试验所上课，晚饭后去市区喝啤酒、看电影。专修生算上高年级一共有十人左右，关系相当亲密。淡水鱼的养殖、捕捞、产品保存等都是极窄的研究门类，所以前来学习的专修生就职的天花板大多是与水产品相关的政府机关、公司或协会的委托生。换句话说，他们的人生轨迹都沿着这个技术行当，看起来都是天真的胆汁质[1]青年。可能由于来自地方的人很多，相比之下，衬得复一格外英俊，目光炯炯。因为他的专修科目是家畜鱼类的金鱼，同学们错误地对他抱有城里人的好感，把他说成是艺术家、诗人、天才而高看一眼。但对于复一来说，这些称号是他最缺乏、同时也最看不起的资质，他感到自己与之并不匹配。

主任教授经常派复一外出打交道，他在出入经营湖畔水产的家庭的过程中，结识了两三个年纪相仿的姑娘。憧憬着都市气息的她们看上了复一这样来自城市的青年才俊，复一也极其真切地感受到了这一点。同样，他也受到了市内酒馆女人们的特别照顾。

然而离开东京后，复一重新认识到，或者说更加惊异于自己内心对真佐子的情愫。

真佐子没有个性——她只是像美丽的蝴蝶一样毫

1　心理学概念，此类人的特点是情感发生迅速、猛烈。

无保留地绽放，魅力四溢，但这仅仅是生理上的魅力，说得夸张点就是，她的发声结构就像机器设备一样，不然就是从某个令人毛骨悚然的远方传来的，只能这么解释。女人的灵魂多少应该有些情色的成分，可她完全不是这样，她是一个生来就扔掉了情爱的女人。也许是因为总是对真佐子抱有这种想法，复一离开东京的时候反而如释重负，他要和这位人偶诀别。

再见了！你这不像人类的美魔女！

但是他只有在新入学和忙着搬家的那一两个月里这样想。后来，在湖畔的学生生活就像周围的空气一样平淡，日复一日的早晚起居之间，复一的心渐渐被一种落寞、惋惜、痛彻的感觉紧紧揪住，甚至觉得真佐子是始终遇不到雄蕊而濒临灭绝的最后一枝雌花。有时又觉得真佐子被什么巨大的力量操控，却不知道自己是傀儡，仍然保持着纯真无邪的小女孩的情态。一想到真佐子，他就心生怜悯，作为一个男人，再也无法无动于衷了。

越是无论如何都难以将她改变为现实中活生生的人，复一对人生整体的看法也越是绝望起来，这种冰冷的虚无感给他炽热的青年野心染上寂寞又愉悦的颜色。他轻轻把肺里的空气都吐了出来。不过，慢慢地，复一开始对这段带有神秘感的恋爱暗自骄傲。

不知是否与此有关，复一对金鱼的想法完全改变了，这些软乎乎的金鱼旁若无人地吞食着，轻飘飘地游动着，可以随意把生命的重心转移到各处，它们对于真正意义上的坚强勇毅一无所知，它们是非现实性的，却表现了“生命”本真的姿态。复一感到疑惑，他从小就在金鱼铺子长大，从早看到晚只觉得腻烦，从未觉得金鱼像萤火虫一样美好。他以为被大田鳖[1]把肚皮撕开，在绿藻中被随意拉扯，散落着红色布条般的图案的就是金鱼。在七八个小池塘里几乎都是被扔掉的鱼，然而每年它们仍会努力繁殖，池塘表面像落满一层红叶。复一一家没什么其他谋生的本事，靠这些剩下的普通金鱼过活，当时的复一认为它们和实用的树叶没什么两样。

复一的养父人到中年，却培养不出上等的金鱼，卖的高价货顶多是五六年的红鲫鱼，他的金鱼铺毫不起眼。来到试验所后，复一大致了解了作为样本饲养

1　一种水生昆虫，以水中的小鱼、小虫为食。

的堪称美术品金鱼的种类。兰寿与荷兰狮子头金鱼自不必说，还有出目兰寿、顶点眼、秋锦、朱文锦、全兰子、彩色龙睛[1]、东锦，以及十八世纪时当地学者在华盛顿水产局的池塘里苦心钻研并使其定型的美国金鱼——彗星金鱼。这种鱼比起普通金鱼更活泼，如斗鱼一样。这些丰富的标本鱼都在复一的保管之下，每天中午前等待着复一喂食。

给金鱼换了水，它们就舒服地排出长长的粪便，仿佛一道阳光下的彩虹。

随着研究的进展，复一渐渐地闭门不出，只默默往返于试验所的研究室和作坊的偏房，然而越是这样，湖畔的姑娘们反而更加频繁地邀请他去玩。

有一个渔家的女儿，住在距湖畔半里多远的出崎城的另一边。她家的白墙仓库里总是晾晒着浮网。

这位大户渔家的女儿名叫秀江，她声音尖细，精于算计，同时又有着关西丝绵一般坚韧的性格，这是她的优点。

---

1 原文作“キャリコ”，即calico，推测为彩色龙睛金鱼，有三种鳞片，体色五花。

最近，即使秀江家受试验所委托，从湖里捕到了珍贵的鱼，负责领鱼的复一也都从来不去，而是派人替代他。秀江始终不认为复一是个坦率的情人，她反复揣测，是男人终于开始任性了，还是有什么其他的情况，进而几番试探。她拜托身为干事的哥哥，让复一担任青年渔业讲习会的讲师，把他叫来出崎的村子里住两三天，还唆使了哥哥的儿子给复一寄出充满纯真气的明信片，试图从回信中间接地读出复一的心境。毕竟就算自己再怎么写信、打电话，复一实实在在给她答复的希望都非常渺茫。现在她在兄嫂家干保姆的活儿，忙得不可开交。她和复一的传闻在湖畔附近甚嚣尘上，却没有传到试验所这里。

复一感叹道："已经是离开东京后的第二个秋天了啊！"

他眺望着暮色里如镜子般平静的湖面，解开了摩托艇的缆绳。M山突兀地耸立在对岸的平沙上，和富士山走势相同。夕阳的光已经很微弱，像推拉门的铜把手般沉重地挂在视线上方，但不会觉得刺眼。打开引擎，将小艇驶出湖面，身后的波纹就像鹡鸰的尾巴一样长长地拖着，引擎的轰鸣声瞬时打破了山水的平静。

复一的小艇驶进海水浴场对岸的平沙地，可以看到湖面分成三岔延展开来，左手边的湖水最宽，像手袋一样，越往里越扩展开它的容量，微红的暮霭更使水面显得宽阔。右边可以看到芦苇荡里的一块高地，上面住着几户人家，在这里，湖水又分为其他的支流，只有一条流入了出口S河。S河上架设着铁路桥和供人马通过的木桥，二者重重叠叠，火车喷着蒸汽通过铁桥时，所有景色看起来都像玩具一样。

复一把小艇开到平沙地突出的岸边，傍晚时分罕见地刮起大风，湖面波浪翻滚，像大海一样，鲥鱼不时地飞出水面。避开狂风，顺着水流进入湖的分支，出崎城的天主阁就从松林的阴影里显露出来，也能看到秀江村里的纤绳。复一还是像往常一样，把摩托艇拖回直流和S河交界处的高地下面，在芦苇荡外一个熟悉的地方停靠——他准备在湖边享受黄昏孤独的时刻。

复一仰面躺在小艇上。夕阳余晖消散后，天空的色调不知不觉间变成了被打磨过的铜铁的颜色，上面飘散着一层薄薄的红云，时卷时舒，而当天空完全转变为刀锋的冷色时，仿佛配合着这个信号，云彩也变成了各式的云母色。复一抬头发现一轮圆月已经悬在O市上空，下面的街道灯火通明，与月色形成对比，O市背后黑压压的山岭则像屏风一样向南延伸。

对岸的涛声渐渐平静下来，复一听到水哗哗地流淌，只觉得令人怀念。在这里，湖底隐约涌出了清水，漩涡不停地向上翻腾、四散开来。因为能从中汲取优质的水，所以人们又称之为“汩泉[1]”，京都的品茶家都特意开车来这里取水。据说有一对男女殉情跳河，却总是浮上来，没死成。因此种种，这里成了出名的地方。

周围的泥沙里种着许多柳树，复一当初是为了寻找让金鱼产卵的柳根而发现了这块地方。“从金鱼身上感受生命的旺盛，从真佐子身上感受爱恋的忧伤，从秀江身上感受肉体的亲近。我的存在居然分得这么清明。”

复一听着翻涌上来的水声，他的孤独进一步明确

1 原文作“もくもく”，水汩汩涌上之意。

了他自我批判的中心。

复一半梦半醒，还处在迷蒙当中，仰躺在小艇上。他的意识映着模糊的照片，在玻璃板似的表面上，一会儿真佐子突然显现出来，她那白皙的脸庞上只有一双若隐若现的眼睛；一会儿金鱼的鳍又在空中舞动娇艳的黑色斑点；一会儿秀江肉体的一部分出现了，看起来像诱人的食物。这些全都历历在目，忽明忽暗，各有不同，不断反复着。几个无意义的形状，突然侵入脑海的一些不必要的想法，以及偶尔对发光之物的恐惧，迫使他睁开眼睛，如此来来去去，让复一的头脑疲惫不堪。

不知何时，复一侧向左边躺着。贴近倾斜的小船边沿往外望去，可以看到暮色苍茫的湖面。暮色中的平沙地岸边，作为夜色的镶嵌而卷起的一层层白浪，打破了远近的距离，发出哗哗的声响，将准备再次进入梦乡的复一拉回了明暗的交界处。这样一来，他自己也不明白，玻璃板一般模糊的意识究竟朝向的是暮色，还是暮色中的景物。而现在这份意识沉淀下来，孕育着自由、生发出希望，他又获得了快乐。

复一那颗不受约束的心开始了半梦半醒地思

考——希腊神话中半人半神的生灵并不只是人们想象出来的，而是真实存在的。可以说现在也仍然活在这世上。他们厌倦了现实生活，对现实的粗野卑劣燃尽了爱憎的感情。由于精神过于细腻敏感，被现实逼入绝境；又由于生命力太过旺盛，以至没法死去，但是要想成为神灵，他们又因对生活有所留恋而显得稚嫩。这样的生灵在这个世界的各个角落从容悠然地玩耍。真佐子也好，缭乱的金鱼也好，他们生命的故乡或许就在那种世界里，而他们在现实中只露出表面的样子。若非如此，长着一张有别于现实和理想的美丽容颜，是不可能悠然自得地生活在这个世界上的。如此说来，不论真佐子还是金鱼，在那睁开的眼睛里，仿佛刚睡醒似的毫无防备的神情里，是不是掩藏着一种俯视现实、超越人类的批判讽刺呢……复一又忍不住想见真佐子了。

涛声越来越大，水雾微微笼罩着清澈的月光。湖面上泛起了一艘船的影子，像是悬在空中垂钓。远远传来摇橹声，复一知道这不是梦。一个女人正划着尾橹靠近，她用手撩起头发，月光照亮了她扬起的脸——是秀江。复一急忙闭上眼睛，仿佛看到不该看的东西。

女人的船头擦到了复一的船腹。“哎呀，睡着了吗？”

“……”

“在睡觉吗？”

划船而来的女人暂时屏住呼吸，端详着复一熟睡的面庞。“我们家有两三艘船回来了，他们说你一个人开着船默默地去赏月，所以我就硬跟来了。”

“没关系，我正好很想见你。”

听到复一的话如此亲切，女人反而觉得在挖苦她。“你在说什么梦话？不管你说得多难听，我也不情愿回去。但如果你装作说梦话糊弄我可不行！反正，我只是个渔家女，比不得东京的大小姐……”

“笨蛋！住嘴！”

复一一动不动，保持着仰面朝天的姿势喊道：“我不喜欢像你这样冷嘲热讽的女人，既然你是来说这种话，那就请回吧！”声音在水中回荡，听着非常严厉，把女人吓了一跳。

复一闭着眼睛也能感觉到女人因羞耻和嫉妒而浑身颤抖的样子。

秀江强忍着呜咽声，不停地把眼泪往下咽，泪水很快就止住了。船边传来舀水的声音。复一故意转移视线的焦点，偷看了一眼女人在做什么，随即又闭上了眼睛。借着月光，女人静静地用小镜子给哭过的脸补妆。复一的胸中掠过一股热流，可一想到真佐子，美丽又朦胧的意识重新像暗红的雾霭一样包裹住他。秀江好像想起什么似的，把手放在船舷上，一改尖酸刻薄的语气，柔声细语地问："我可以进来吗？"

"嗯……"

复一突然涌起一种感情——其实谁都会因为不称心而悲伤，好似拥有又总觉得有所欠缺，渴求之物谁都不可得，人人都寂寞难遣——复一对每个人，包括自己，都产生了一种不胜怜悯的心情。

明月照湖水，

忆起七小町。[1]

1 原文作"名月や湖水を渡る七小町"，小野小町是日本传说的歌仙，七小町是七部以小野小町为主角的能剧的总称。

这是松尾芭蕉的俳句吧——复一一边念着自己也不太清楚的俳句，一边伸出手，搭在秀江的肩上。秀江就像软体动物一样，蜷缩成复一喜欢的姿势，依偎在他的身边。

复一时不时向真佐子发出一些含糊的信件。比如在印有湖水景色的明信片上写道“我在这干净的水里洗衬衫”，或者在小岛明信片上写道“我要去这座有名的小岛时，坐渡船缺两分钱，于是向旅馆借了钱”等。

每寄出三四封就会收到真佐子的一封回信，信里的内容越发渺远。“最近请诗人朋友藤村女士来，开始研究巴洛克时代的服饰”“我和藤村女士去日光看日本巴洛克时代的天才雕刻家左甚五郎的作品‘睡猫’，非常可爱”。

她越来越明显地表现出游离于现实之外的征兆。

复一不太了解什么巴洛克时代服饰，于是便在试验所的图书室查了百科词典。那是一种欧洲文艺复兴时期的人文主义逐渐从自然性中剥离出来而得以升华、人类艺术绚烂繁荣如假花般绽放的十七世纪的样式。再转念一想，复一先前零星调查的金鱼史中，金鱼第一次被日本引进并开始得到追捧的元和时期正好也是这个时期。这么说，金鱼是巴洛克时代的产物。总而言之，真佐子和金鱼有着不解之缘。

复一觉得她是与如今的时代脱节的偶像型女人，令人感到怜悯和轻蔑。但他也再度焦虑起来。他想打破她的这种超脱，把她引诱到现实中，用鲜血把她的情爱和自己的肉欲结合起来。这个有着无数次企图却不了了之的愿望，每次重燃之时都让复一充满新鲜的热情，让他欲罢不能。“无论从生理上，还是从生活上来说，异性的肉体都是值得赞扬的。现在，湖畔的一位女性正恭敬地把异性的肉体献给我。”

复一自己也觉得这信写得令人生厌，但也没别的办法。事实上，与秀江的交往在短时间内就停止了，现在更是几乎断绝了。他一边在信中添油加醋，一边觉得自己终于开始正儿八经地与她较量了，不禁独自兴奋起来。不管真佐子回信时写了什么，总会露出一点女人的成分在里面吧。复一明白，一旦真佐子的父亲知道，便会断掉自己的学费，但对他来说，这种试探比研究金鱼更加重要。“那个女人虽然没有你那么漂亮……”他写道，“但也没有你那么不近人情。”复一苦笑了一下。

复一在信中频频透露出他与秀江的关系，想要进一步刺激真佐子。但真佐子的回信中却没有对于复一所追求的女性肉体的任何回应。真佐子和父亲一起渐渐对金鱼产生了兴趣。如果说父亲的兴趣掺杂着资本的功利，那她则是不可思议地出于忘我的嗜好和爱慕。她的回信中也写满了关于金鱼的事，似乎只要不懈怠对金鱼的研究，无论复一做什么，和什么样的女性交往，她都无所谓。就在复一对真佐子的感情渐渐消散，即将彻底死心之际，真佐子寄来了一封信。“你向我坦白了很多事情，我却一直保持沉默，真是不好意思。我马上就要生孩子，然后就要结婚了。虽然前后顺序有些颠倒，但不管怎么说，这也不算是什么热恋的结果。”

复一反而呆住了。说到底，她是生来就能在比自己更高的空中肆意翱翔的女人。“对方不是你认识的三个青年中的任何一个。他看起来比较随和，不像是那种冷漠或是有坏心眼的人。对我来说，这就足够了。”

复一又一次意识到，自己那些卑劣的小伎俩实在是太没用了。没想到如今的世代还有这种没有情趣的女人——但转念一想，反而又觉得她很超前了。“另外再多说一句，我觉得你也应该和那位女性结婚。我自己要结婚了，就不由得也想劝别人结婚。但是别忘了，要好好照顾金鱼啊。希望你能培育出前所未见、令人心醉神迷的新物种。不知为什么，比起我自己的孩子，我更希望看到你研究出来的新品金鱼。我也劝说了父亲，他终于下定决心把精力放在金鱼上了。”

在这前后，鼎造的信寄到了复一那里。他坦率地陈述了自经济恐慌以来自己的财务状况，并且说明自己已经重整阵脚。信中冷静地写道，今后的方针是要将全部财力用于金鱼的饲养和销售，百分之百地用于出口产业。他希望复一今后不再是单纯凭兴趣养金鱼的伙计，而是作为商会的技师，正式地把培育金鱼作为今后的事业去工作。当然，工资方面也会有更多的补助。

就这样，与其说复一的生活有了着落，倒不如说他内心充满了反抗。“府邸的那些家伙，竟然父女俩联合起来算计我。”他这样暗暗地想。

复一既没有回信给真佐子，也没有回信给真佐子的父亲。他把对金鱼的研究暂时抛之脑后，茫然地在京都游荡着。一个月后，当复一再度回来时，他已经下定了决心：他要创造出这个世界上从未有过的新奇美丽的金鱼，并将此作为毕生的事业。这样一来，他便成了拥有不为人知的悲壮幸福感的男人，一个被神秘的命运感抓住的无名英雄。虽然有种被府邸的父女俩利用的感觉，但对复一来说，他无法停止幻想真佐子看到金鱼时的喜悦，而这份喜悦会拉近真佐子和自己的距离……一想到超越现实的美女被超越现实的金鱼所吸引，真是悲哀又不可思议。复一从试验室的窗户望着糖浆一样黏稠的一湖春水，舌尖忆起了小时候真佐子的樱花花瓣粘在上颌深处的感觉。“真佐子，真佐子。”复一一遍遍呼唤着她的名字，连他自己也不明白，为何会有多愁善感的眼泪夺眶而出。

有传言道，复一的神经衰弱越来越严重，变得有些不正常了。确实，复一一个人留在深更半夜的研究室里制作标本的样子实在是令人毛骨悚然。在四周阴森昏暗的研究室里，只有复一的桌子上点着一盏灯。他把金鱼竖着切开，横着切开，取出内脏器官整齐地排列好，再用放大镜盯着观察，或者用镊子摆弄，直到深夜。他那过于专注以至忘却时间的样子，就像黑夜里的猛禽意外地发现了很多食物，连进食都忘了，只是一直在摆弄着。被切开的金鱼的眼睛在灯光下闪烁着红宝石般的光芒，嘴巴也不时地开开合合。

在都市长大的青年复一早已习惯了各种刺激，并且在刺激下也能充分运用自己的头脑。他将精力和才能用在了专业中的专业，而且是无趣且单调的金鱼遗传和生殖方面的研究。他把自己的才能汇聚在这一小小的焦点上，光是这样就已经比别人要费力许多了。复一的双颊和眼睛都深深凹陷了下去。他觉得自己的力气都用尽了，便悻悻地走到窗边，把手搭在摆在那里的一个玻璃盆的盖子上。虽然指尖冰冷，但积存的兴奋感却让手指不由得颤抖起来，好不容易才取下了罩子。只见原本睁着眼睛在小石头上睡觉的名贵金鱼——彗星，在灯光的照射下醒了过来。有两只慢悠悠地游弋起来，离开了那片小石头。它们那比身子长出三四倍的尾鳍布满了黑色星斑，像是一件飘逸的薄绸外衣，飘散着笼罩了它们的身体。过了一会儿，它们的眼睛和嘴巴露了出来，像法国美人一般风姿绰约，像天平时期的贵族女子[1]那样优雅动人。

两三年前，O市有个水产共进会，当时获得金牌的这条名品金鱼被捐赠给试验所后，一直被精心培育着。它已经七八岁了，带着中年过后的沉稳，魅力也进一步彰显出来。

复一看了一会儿，又把玻璃盆盖好，然后回到自己原来的座位上，不停地重复着刚才金鱼的扭动姿势。别人问起，他就笑着解释是“金鱼运动”，并宣扬这个动作有益于健康。复一做这个动作的时候，感觉精神和肉体都被一种神秘的力量修复了，这一点他倒是从来没有向其他人讲过。

尽管如此，大半夜模仿金鱼游动的姿势，仍让人感觉很不舒服。值班的工友也对他说：“我进房间的时候，请您不要再做那个了。那会让人觉得很奇怪的。”

复一前往关西有名的金鱼饲养地奈良大阪府县进行了视察。奈良县下的郡山自古以来就是饲养金鱼的

1 原文作“天平の娘子”，指受日本奈良天平时期文化影响的贵族妇女。

繁盛之地。当地是个小藩[1]，为了补充贫穷的藩士的收入，便给了他们饲养金鱼的特权，以对他们进行保护和奖励。

复一在这座被油菜花包围的宜人小城里逗留了一段时间，获得了很多可以作为研究参考的实际经验。其中最令他感动的是，从记录中可以看到，郡山的金鱼在宽永年间就已经培育出了优秀的新品，此后更是屡屡翻新。人类对金鱼所幻想的美的形态，已经接近于大正时代培育出的名贵鱼种了。话虽如此，古代的人喜欢美丽缭乱的金鱼，现代的人却嫌自然的金鱼还不完美。世易人变，而金鱼这种不作食用的观赏鱼，仅凭一种纤弱的美便克服了些许的变迁，一步步接近了自我完善的目的。人并不是主动去培育金鱼的，而是金鱼出于自身的目的，诱惑并利用了人类最脆弱的本能。一步步朝着目的地前进的金鱼是强大的——复一意识到了这一点，甚至产生了一种征服欲，对金鱼越发执着了。

1 “藩”指江户时代俸禄在一万石以上的领主的领地，后文的“藩士”指领主的武士，也就是诸侯的家臣。

夏天，复一外出视察，在湖畔的旅馆安顿了半个月。之后的一天，关东大地震的消息传来。复一一开始并没有怎么在意，之后才意识到了事态的严重性。虽然知道山手一带震势不强，但东京惨烈的受灾情况接连不断地被报道出来，这也令他担忧。复一询问要不要先回东京，过了十天左右，终于收到了“不必”的回信，他这才放下心来。

鼎造频频向复一发出关于金鱼的指示和问询。

复一担心地问他，在这种灾害时期，像金鱼这样的赏玩之物，恐怕不会有人再感兴趣了吧。鼎造却对他说：“根据古老的说法，自幕府时代以来，灾害之后，金鱼一定会卖得很好。能让受灾区的临时小屋显得不那么荒凉的，除了金鱼之外别无他物。东京的金鱼从业者们也下定了决心，要把销量翻上一番。”

复一多少有些怀疑，不知道这是不是商人在夸大其词。但事实证明，加价两成卖出去的金鱼，马上再加价两成也供不应求了。

下町[1]地区的养鱼池几乎全军覆没，但山手地区

1　庶民居住的低洼地区，参考第11页注释。

得救了。再加上可以从关西地区调货，金鱼本身倒并不短缺，不过，金鱼桶的烧毁是很大的打击，因此他们只能把现有的桶分给同伴，再派人去各地赶制。

因为关西金鱼和金鱼桶的采购运输事宜，复一不得不在关西停留一段时间。

终于，复一被鼎造召回，时隔四年回到了东京，论文最终却没有完成。与复一相比，在期限内完成单纯研究的同届生们在半年前的秋天论文就已经通过了，拿到了试验所专修生毕业的证书，各自去约定好的任职地就职。复一本可以向鼎造请求暂缓回京，以便完成自己的论文，但他却轻蔑地表示，这种小小的成功比起自己现在迫切的心情来说实在是微不足道，他真想快点在自己的池塘里，用自己的本领，创造出一条能与真佐子媲美的金鱼，奏响一曲凯歌。这是他人生中唯一的希望——他当初下定决心要培育出前所未有的美丽品种，是为了实现真佐子的愿望，但随着岁月的流逝和研究的深入，他的心理也发生了变化。作为无论如何也得不到现实中的真佐子的补偿，他想创造出一条几乎能让人立刻联想到真佐子的美丽金鱼，这种愿望反而战胜了最初的决心。缥缈的真佐子的美——那是丰丽的金鱼的美，除此之外别无比拟。如今，复一的研究和成果，越来越成为他投入全部生命的事业。

每当想到这些，即便已经筋疲力尽地躺在床上，他也无法闭上在黑暗中闪闪发光的眼睛。“笨蛋，你要是把你的研究写成论文，早就能成为世界金鱼学家们的参考了……”

复一与仍恋恋不舍地唠叨着的教授诀别，以中途退学的形式回到了东京。他也曾想过要把未完成的草稿烧掉或沉入湖中，但如今那种华丽的表演欲都消散了。复一只是怀着几分可惜的心情，把草稿装进皮包带了回去。

那是地震后第二年的春天，东京的平民区还是一片荒凉，但山手区却和以前一样。谷洼家的泉水涌出处有些变化，绑着棕榈绳绷带的竹水管正浇灌着池水。

带着回家与归职之意，复一走上悬崖，来到了府邸。

鼎造感谢完复一从关西运送金鱼的辛苦后说道：

“其实，我也顺势养殖鲤鱼和鳗鱼了，但因为是委托别人做的，所以进展不顺利。同样是淡水产的，想必不会有什么不同，不如你来照顾一下吧。如果这条路子能成功，作为和观赏鱼不同的食用品，销路会非常好。”

当然，复一立刻拒绝了：“不行啊，这简直就是让诗人去种田一样。不仅如此，我还想拜托您，请让我来做最高级的金鱼专家。为此豁出性命我也在所不惜。我既不需要妻子，也不想留下后代。创造出美丽的金鱼新品种——这就是我毕生的愿望。如果您认为这是把钱投在了没有前景的东西上，那真是太遗憾了。”

鼎造看到复一的态度如此坚定，也明白自己是说服不了复一了。但转念一想，他这种执着要是能利用在生意上，也不是没有办法的。“有意思，做吧。在做出你满意的作品之前，我也不会催促你，就静候佳音了。”

鼎造对自己豪爽的言辞颇为满意，仿佛也找回了久违的英雄气概。心情大好地挽留复一吃晚饭，但奈何还有不可推辞的事情，便让真佐子和女婿代为招待。吩咐好女佣之后便出去了。复一感到有些喘不过气来。过了一会儿，客厅的门开了一半，真佐子略有些腼腆地斜斜探出上半身。“请稍等一下。”

过了好一会儿，也不见她进来。复一面对自己渴求许久的、满心欢喜的东西，似乎只要看一眼就能得到满足，一想到这里，他不由自主地发出一声叹息，随即又露出笑容，但孤独的寂寞涌上心头，似乎总有什么东西在阻止他这么做。如果笑起来的话，自己马上就会被她的魅力所吸引，好不容易坚持下来的决心也一定会消失殆尽，这种预感让他警觉起来。他反过来利用了她难得的示弱态度，竭尽全力表现出强硬和冷淡。他尽力展现出一个饱经沧桑的年长男人的威严：“进来吧，为什么不进来？”

真佐子像个孩子一样，把脸稍微缩回门后，这才恭敬地开门进来。她的胸膛还是像以前一样挺立，脖颈不动，脸上洋溢着光辉，嘴唇上有蜂蜜般甘甜的光泽。她笑着，微微下垂的大眼睛蒙上了雾气，端丽的脸上只有眉毛用了时兴的画法。复一立刻窥见自己的败势，不得不把自己拉进寂寞孤独的躯壳里。

“你这段时间瘦了好多啊。”她说道，但其实并没有仔细观察复一。

“是啊，确实挺辛苦的。”

“是吗？不过据说辛苦也是一方良药呢。”

接下来的一段时间，话题转到了地震和复一生活过的湖边。

“金鱼，培育出好的了吗？”

由于种种原因，复一很难回答这个问题。他鼓起勇气反击：“你丈夫，他怎么样？”

“没怎么样，”她从窗户望向主屋檐廊外的树丛说，“现在不在。因为喜欢打篮球，去了YMCA[1]，不到吃晚饭的点不会回来。”

从她把丈夫当成孩子看待的口气来判断他们的夫妻关系，这对复一来说非常痛苦。他没能主动问起孩子的事。

“介绍给你，你应该也不会感兴趣。”

这倒是真的。只要那个丈夫不把自己的偶像消磨掉就足够了。既然只是这种程度的丈夫，倒不如有他在真佐子身边，自己才比较安心。

---

1 即Young Men's Christian Association，基督教青年会。

“谢谢你经常寄东西给我。”

“这是在湖边做的陶器。”

复一放下纸包，站了起来。

“劳您费心了。复一先生回来了，我心里也就踏实多了。”

复一对平凡的她感到无力。为什么自己的人生会被那样的女人影响呢？他感到不可思议。走下渐暗的崖道时，晚莺鸣叫，山吹花飘落。复一又想起了真佐子小时候扔给他的樱花花瓣，不由得用舌尖舔了舔上颌。不管怎么说，自己是爱她的。这种爱因为太过缥缈而悬浮在空中。事到如今，既不能向她表露心迹，也不能把她藏在心里。只好把感情寄托在自己培育的金鱼上，去创造另一个真佐子。复一俯视着远处的谷地，鼓起了一种奇妙的勇气。

山谷的院子里用混凝土建了一间不大的研究室，嵌套着一个新式的饲养池，这些让复一心满意足。他不与亲戚朋友来往，一心一意地埋头在实验室。在完成研究之前，他也委婉地拒绝了府邸的人。

“埋于表面，深入骨髓。”

复一并不是没有这种透彻的感觉，亲手创造自己的情人——那是这个世界上新升起的美丽的星星——并且谁也不知道。他陷入了寂寞又狭隘的感慨之中。他把从郡山的旧货店里发现的《神鱼华鬘图》裱起来挂在墙上，把椅子搬到檐廊，从那里眺望。初夏的微风吹拂，散发着绿叶的味道。突然，他想看看新饲主是否养好了湖畔的试验品，一种被称作鱼中半老徐娘的彩色龙睛。

“如果没有对旧的生命见死不救的胆量，是不可能完成创新的大业的。”他的脑海中顺带着浮现出秀江的身影。

复一故意想象得了腐皮病的彩色龙睛，浑身锈迹斑斑，连喘息都困难，浮在水面上腐臭的样子，并且认为那也是秀江的身影。于是，一股热流从脊髓两侧奔涌而上，一直堵到了咽喉，他咬住嘴唇才努力忍住没有吐出来。

“我没事。”他说。

那一年，金鱼的繁殖已经迟于往时，再说池里的碱水还未完全排干净，复一便打消了让鱼繁殖产卵的念头，转而着手对亲鱼的研究。他遍访东京的饲养商和爱好者，他们都不愿意转卖，于是他便口出恶语，痛骂这些金鱼。

“没有比复一更让人讨厌的人了，那家伙就是个大田鳖。”

金鱼行家都对复一颇有微词，把他比作田鳖这类捕捉金鱼的凶猛害虫。

不管别人说什么，复一还是想办法弄到了那条金鱼的姊妹鱼。他坚信的计划是，在五花琉金和秋锦的基础上，再交配其他品种，以此创造出理想的金鱼。

第二年的樱花季来临，雄鱼的胸鳍上出现了象征交尾期的星状斑点，宛如睁开了春日夜空般湿润的眼睛。于是，鱼无法忍耐地受“性”的支配，既像舰队一样威风地列队游弋，又像斗鸡一样互相啃啄。它们为了摆脱身上灼热的滑腻感，异样地翻滚，翻滚，再翻滚。已经用意志禁锢了肉体、好似木头人的复一看到这些，多少也感到了人世间的情趣，少见地独自在六本木的夜晚漫步，晚饭时还配上了啤酒。

养母阿常搬来啤酒，她和所有人一样开始催促复一结婚：“我们也退休了，很想早点看你娶个媳妇，我们也好真正享福。”

“我的媳妇是金鱼啊。”趁着醉意，复一想在这种俗事上做个了结。

听到这话，养母说：“怎么可能？我记得你从小就不怎么喜欢金鱼呀。”

养父宗十郎受最近的古典音乐复兴潮影响，想重新做一回荻江节的乐师，他以四十年未弹的自述为前奏，拿起了三味线的拨片。

他唱道：

“荻江节松树多艰难，人人都是扎根的松。啊，风华正茂的小松波。梅桃樱花知多少，一树盛放尽开颜……”

复一不知道弹得算好还是不好，不过，听到从相隔一片连翘花的主屋里传来的舒展而嘶哑的声音，他深深觉得，随波逐流且毫无执念的人很可怜。

养父一如往常，程式化地培养普通金鱼，后由鼎造的商会收购，所以卖起来毫不费力。宗十郎抱怨道：“他们的收购价格便宜，比不得外行的生意人。复一，你很讨鼎造喜欢，你替我去多捞些吧！”

他又因为代复一从鼎造那里拿到了一大笔研究经费而感到痛快不已。

不管养父母说什么，复一都默默地听着，左耳朵进右耳朵出，不停地给鱼换水，将原本分开的公鱼和母鱼轻轻放在一起，再把从遥远的湖边采来的消过毒的柳根夹在绳子中间，沉入水底。

某天清晨，天空蔚蓝澄澈，阳光洒在禽鸟的羽背上，好像披了一层麦芽糖浆。复一从檐廊向空气中伸出手，探出脸颊，过了一会儿说："风停了，我去看看。"

他把遮阳的苇帘掀开三分之一左右，从缝隙里窥探，只见排成一列的三条公鱼好似海战冲锋，正把一条雌鱼逼入柳根丛中。雌鱼四处躲避，这是为什么呢？是出于处女的羞耻，还是生物本来就珍惜性的独立，抑或是为了引诱雄性的欲擒故纵？最终，雌鱼还是难逃此劫，往柳根须上产下一串美丽的小粒珍珠似的鱼卵后逃走了。而雄鱼的腹部闪耀着胜利的光芒，在每个鱼卵上完成"电击"。

等复一回过神来才发现，此时保持着蹲姿的自己，两肘撑在膝盖上，双手紧握，将指节靠在嘴边紧紧咬着，正发自内心地祈祷着一切顺利。即使是再不起眼的东西，也不能马马虎虎就把新生命带到这个世界上来。复一这种长久厌世的人，越是面对与人类截然不同的生物，就越会产生强烈的冲动，更何况他面对的是恐惧不安的金鱼，它们为了复一自私的目的，共同诞下生命。复一心内充满了无限的感激。

复一把雌鱼和雄鱼分开，为了让它们更好地休养。他又煮了一些清淡的白肉佳肴，以滋养鱼群。复一虽然是个男人，但心里生发出母性的慈爱，这样一来，他瘦弱的身体也渐渐壮实起来。

然而，那年孵化出来的仔鱼却过分媚俗和下流，只能算作下品，和复一的期望不符。

连续两年的培养都以失败告终，于是复一从起点开始重新规划。他意识到自己选错了亲鱼的骨架。他所期望的美丽金鱼，必须要有童女般稚嫩的躯干，再添上绚烂和媚色。而且，除了原种兰寿之外，没有其他金鱼有这样的身姿。复一回忆起真佐子儿时所养的兰寿是那样地稚气未脱，总之，他久违地感到遗憾，因为自己经常受到真佐子的影响，这般痛苦的滋味现在反倒勾起人的怀念。

但是复一很快又振作起来，他想：即使暂时屈服于真佐子的阴影之下，回归兰寿的朴素，但只要能造出一条还原她如今的美感的金鱼，就把它作为亲鱼繁衍后代，前路缓慢，不过只要朝着心中的金鱼接近一步，就是我的胜利，我要让那美丽的战利品属于自己。想到这里，他燃起了斗志。考虑到各种情况，复一认为自己应该暂时忍耐。他从关西运来兰寿的亲鱼，等待即将到来的交尾之春。兰寿身形稚嫩可爱，但面孔像斗牛犬一样狰狞，所以最重要的是借助标致的金鱼消除其狰狞。

复一不怎么靠近府邸，也很少见到真佐子的丈夫，这个男人的目光有些神经质，鼻梁高挺，颧骨偏高，是一位长相俊美、气宇轩昂的绅士。星期天的早晨，他带着真佐子和女儿来到罗马式的茶亭，阅读外文报纸。此时，复一正从下方悬崖的半截污水坑里采回鱼饵，刚要下车时，他突然抬头向亭子里看了看，又装作什么都不知道的样子，迅速下了悬崖。真佐子被旁人看到自己和丈夫在一起，总觉得莫名不安。

丈夫若无其事地说：“不是挺好的吗？怎么了？”

“别人都能看到我们两个人一起坐着。”真佐子平静地回应。

“你和我两个人在这儿待着，有什么见不得人的吗？”丈夫听起来多少有点儿不高兴。

“也没什么不好，只是谷里那家人也看得到吧。那个人还单身呢。”

“是那个金鱼技师复一吗？”

“是的。”

丈夫听后轻蔑地扬声道：“你要是和他结婚就好了，是不是？”

真佐子却躲开了丈夫的进攻，露出那副茫然的神情说：“我非常喜欢美丽的人，选丈夫也是。要是不好看，我都没法和他一起吃饭。”

“真拿你没办法。”丈夫既不能生气，也笑不出来，“来，泡个澡吧！”说着，他抱起孩子进了屋。

那之后，真佐子坐在罗马式的茶亭之中，什么也不想，用常人看不懂的眼神一直望着寂寞冬日暖阳下的麻布台。

“鲤鱼和鳗鱼的养殖不顺利，鼎造最近好像吃了不少苦。养鱼场可费钱了。”

无论怎样弥补也无法抵挡衰落之势。鼎造当时的选址比较随意，选定了下游半咸水的入海口洲岸。然而静冈县下游离都市很近，那里的养鱼业十分发达，便于利用交通供应鲤鱼和鳗鱼，因此鼎造的商会难免要与他们争个死活。但是，今年春天前所未有的金融恐慌突然给经济带来重创，鼎造的养鱼场从花季结束起实行了延期还款制。据传，鼎造一直贷款的银行也已经停业，并且不可能再开张了。

“能不能想办法节省复一的研究费呢？鼎造的那张黑脸终于也露了怯。”养父母从鼎造那里得知要将复一的研究经费压缩到三分之一，但两个老人谈起鼎造的窘迫时却显得心情愉悦。

复一置若罔闻，边听边为关西运来的兰寿做过冬的准备。水池里铺着厚厚的茭白，鱼儿浅墨色的短鳍和鱼尾在阳光下游来动去，反射出温暖而灿烂的光，缓慢行进的鱼身圆滚可爱。复一将活着的精力视为旁物，将死灰的空漠视为自己，这样总感觉自己被一分为二，十分有趣，于是久违地放声大笑起来。

宗十郎拍拍他的背，说道："你吓了我一跳！笑得像疯子似的。我这么心宽的人都被吓到了。"

听说真佐子的第二个女儿在年底出生了，复一在悬崖上的祠堂里一直没有见到真佐子，直到梅花盛开的时候才又一次见到了她。又生了个孩子，她的美就像换水后水藻的颜色，更显清澈绚烂。复一甚至认为她越来越接近研究室上挂着的那幅《神鱼华鬘图》。今天下午，真佐子和女诗人藤村女士一起来到罗马式的亭子，两个女人热情地交谈着，连已经瘦骨嶙峋的复一也想知道她们在说些什么。接近傍晚时分，复一假装清理泥垢，偷偷摸摸地爬到悬崖中间的污水坑里蹲着。他还不到三十岁，但身体和动作却像个十足的老人。两个妇人似乎在继续一个谈论了很久的话题，但从复一蹲着的地方听不清楚。

其实，藤村女士和真佐子之间的对话主要围绕这些东西：真佐子提议把房间装饰成洛可可[1]风格，藤

1　洛可可风格起源于十八世纪的法国，具有轻快、精致、细腻、繁复等特点，是对巴洛克美学的一种延续。

村女士无奈地说："四五年前你迷恋的巴洛克，我都觉得人工痕迹太重，不赞成你装修，更别说洛可可了。不能总把兴趣投放在世纪末的情调上啊。"

"可是我无论如何都想这么做。"

"真佐子小姐，你真奇怪啊。"

"是吗？就像你曾经对我说过的，眺望着天空和云彩而觉得那是大海和岛屿，我就是这种性格的人。"

复一蹑手蹑脚地走到院子里，顺着屋檐走进了黄昏时分的研究室。他坐在简陋的椅子上，闭上眼睛。他最近几乎没有像今天这样直视过真佐子，不管是和朋友相伴来祠堂，还是和孩子、丈夫在一起，复一都听不清真佐子的话语，但是，即使从远处也能感觉到她的气息。如今真佐子也许已经忘记了向复一托付的金鱼之事，她越来越像一个脱离现实的美人，一种虚幻的悲哀在复一心底油然而生。

复一的计划始于兰寿，他花了三年时间制作了拥有近似理想骨架的金鱼，但从那以后，又是年年失败。

"日暮而途远。"

每次得到不同于想象的金鱼，复一就会如此感叹，但也只是说说而已，心里没有一丝感伤。他感到自己正逐渐变成一堆颤颤巍巍的白骨，心想，这样下去可不行，因此即便相隔遥远，即便难以相见，也要遥望真佐子，以激起仇恨、嫉妒与憎恨，来强化自己的意志力。

古池里积攒了不少没有成功的金鱼。因为复一坚决不愿意卖掉，宗十郎夫妇一边抱怨，一边往崖下的古池里扔饲料，苦笑说，这个池子是金鱼的姥舍山[1]。

那之后又过了十年失败的日子。山崖上下有了些许变化。鼎造死后，入赘的女婿成为府邸的主人，沿袭他的事业，将规模精简到了极致。有传言说，真佐子的丈夫尽管家有美妻，但还娶了一个哈巴狗似的女人当妾。到了女婿这一代，悬崖上的研究经费断了，复一陷入了孤立无援的境地。

荻江节老师只有一两个弟子，宗十郎死后，路口小门上的招牌也被摘了下来。

---

1 原文作"姥捨て場"，即姥舍山，又名姨舍山，日本长野县山名，相传在古代日本，该地的老人上了年纪后，子女就会将其遗弃到深山，以减轻家庭负担。

真佐子还是老样子，经常出现在罗马式的亭子里。现实的变化只会为她颇有特色的蹙眉方式增加魅力，她渐渐出落成一个接近中年的美人。

昭和七年[1]的晚秋，东京至横滨一带下了场大暴雨，东京市内每坪的降雨量达到三石一斗[2]，谷底的水沟都满溢出来，好不容易繁殖出来的用于育种的金鱼也被冲走了。

同样，昭和十年中秋的暴雨达到了每坪一石三斗[3]，金鱼又一次遭受了灭顶之灾。

因此，从那以后每到秋天，复一就会精神紧张，只要有一点儿低气压，他就脾气暴躁，心慌得睡不着。很久以前他就患上了失眠症，必须服用安眠药才能入睡，临近秋天，为了能更好地入睡，他不得不加大药量。

那天晚上并没有低气压的预报，但从半夜开始就下起雨来。正值初秋的夜晚，复一在床上胆战心惊，

---

1 即1932年。

2 即每平方米降水量约169毫米。

3 即每平方米降水量约71毫米。

好几次想要起身，奈何意识已经模糊，身体也仿佛麻痹了。每次雨声变大他都会吓一跳，但是慢慢地，这种威胁神经的焦虑也被药力缓解了，睡意越来越沉。复一仰面躺在床上，双肘支在床上，保持上半身扬起的姿势，半张着嘴和眼睛，打了一会儿鼾。等到药力减弱，复一起身时，已近黎明时分。

雨停后，天空的云很快消散了。山谷的天地呈一片铅色，树木像湿漉漉的雨伞一样相互挤占着空间，随处都在滴水。黑色的悬崖也被冲刷得湿滑，侧面是一层层渗出水的砂岩。崖边的罗马式歇亭就像一座遥远而古老的城堡，看上去与周围格格不入。

七八条金鱼回归平静，水藻和灯芯草饱经狂风的摧残。耳边只能听到水珠滴落的声音，似乎一切如常。愚笨的乌鸦传来单调的叫声，路旁房屋的屋顶上，黎明的薄雾缓缓铺开。

大水沟里的水位虽然涨了，但还没到溢出的地步，平时的涓涓细流此刻哗哗作响，反而失去了灵气。

“这样看应该没事。”复一嘟囔着。为了以防万一，他赤裸着双脚在红土路上踉跄地走向培养池，睡衣的下摆一直拖到脚后跟，他就这样邋邋遢遢地走。

看到池水的瞬间，复一感到一阵凉意，全身仿佛过了电一般。

水沟里的水从小径中间的土层中泻出，无声无息地流过池边的竹帘，金属渔网也呆呆地张着大嘴。流入培养池的水冲击池底，又流向四周，就像天然涌出的泉水一样，从边缘不断溢出。

复一凑近一看，映入眼帘的只有池塘底部的石头和水藻破碎的残根，连金鱼的影子都没有。复一勃然大怒，用脚踢飞了只剩下边缘的金属网。在惯性下，他光着的一只脚踩在了红土上，脚下一滑跌倒了。倾斜的小径上雨水像是瀑布一样流淌，将皮包骨头的复一裹挟到悬崖下的旧池塘边。好在复一在池塘边腐殖土的尽头处停了下来。

多年来为了得到新品种，还需要无数次的交配繁殖，目前还处于前途暗淡的状态，如果在这场大雨中再失去池中的成鱼的话，十四年的苦心就会化为泡影，变得一无所有。复一一下子感到精疲力竭，瘫倒在像洞窟一般幽深黑暗的旧池塘旁，一度失去了意识。

等到复一恢复意识后，天地间已然放晴，呈现出美丽的蔷薇色，万物重新将生机带给了这片谷地。头顶上薄薄的云层逐渐散开，露出湛蓝的碧空。

草木的气息是何等新鲜和浓郁，无论是绿色、红褐色、橙色，还是黄色，茂盛的枝叶下都好似藏着一颗坚强的心，挣扎着释放出蓬勃的生命力。乱树丛正在抖落叶子上的雨水，恢复原先的蓬松，形状如隆起的乳房。

来自四面八方的声音中，可以明显听到刚刚汇成的小溪的潺湲水声，为眼前的自然风光赋予韵律，使其成为动态之物。复一侧耳倾听，感到自己离开大地进入了一片无限的空间，永远留在了云端旅行。

一切的阴影都呈现出深琉璃色，一切的光明都呈现出美丽的琥珀色。路旁屋顶一角的瓦片被阳光灼烧，发出紫白的光芒，从中散射出的光带照向谷地中的一切。

如同澄澈镜面一般的初秋的太阳升起来，鸟类的叫声更加响亮，它们四处飞翔，织造出一幅空间的挂毯。

复一由于极度的紧张导致大脑供血不足，一时间失去了意识。再次恢复过来时他成了一个透明的人，什么都回忆不起来，什么都无法思考，只是将自然的美原封不动地作为影像记录下来，恍惚间自己也与自然融为一体。

七个金鱼池七扭八歪的形状像是远古猛兽留下的足迹，他为这些美丽的斑点入了迷。阳光照进来，他的意识也恢复了。眼前的古池现在就像是一个初次见到的古老山洞一般。在这片旧池塘中，都是他十来年间培育失败的名鱼，既不想卖掉，又不能把它们放生，只能将它们养在这里。宗十郎夫妇出于善心，有时会投喂一些鱼饵，但是他们死后就再也没有人光顾这里。可怜的金鱼们就一直生活在池塘的水藻中。看到这个池塘中培育失败的异型金鱼就像是再一次看到自己失败的痕迹，所以复一几乎从来不靠近这片旧池塘。有时，复一会感觉到这片被旧席子盖住一半的池塘周边会产生一种被抛弃的生命所散发出的怨恨心情，他将其当作自己精神衰弱导致的妄想。

现在，暴风雨已经把旧席子吹走了，朝阳照进了池塘，时隔多年，他又一次看到了旧池塘的真面目。

正在这时，在他的心底发出某种感慨之前，他的眼睛紧紧盯着水面，深深吸了一口气。看哪，长满水棉的池塘呈现出一片深绿色。正中间出现了一片白纱，不，比白纱更加轻薄，数十条的褶皱轻柔、婀娜地来回摇摆着。它的大小和从拇指到食指之间的距离差不多，如同一朵白牡丹。那是一条金鱼，白纱般的鱼鳍上点缀着堇紫色、丹红色、紫藤色、薄青色的色斑，此外还交织着一些墨色、金色的斑点，如同万花筒一般绚烂。它的游动姿态娇艳奢华，高贵而优雅，又带有一些腼腆与天真，一摆一摇的神秘泳姿背后仿佛有什么在从无限的远方操纵着它的生命一般。复一的内心突然充实起来，这种现实和非现实之间带来的情欲上的冲击令人难以忍受，仿佛让人想在树根或是岩石的一角摩擦自己的肉体。“这才是我苦心经营十几年也没能创造出来的理想的金鱼。到底是自己培育失败扔掉后再也没有回来看过的金鱼里，哪两条互相交配繁殖出来的呢？”

在复一反复的思考中，情欲渐渐被更大的魅惑所压倒，滗析，释放。终于，他沉浸在心底里的充实感中不能动弹。“有意寻求却不得，反而是从已经放弃的过去或是未曾设想的歧路中唐突遇到人生的奇迹。”这句话闪过复一的心底时，一度沉到水底的金鱼又浮上水面，丰满的尾鳍，如同星星一般的眼睛和滚圆的嘴角鲜明地展现在复一眼前。

“啊，它既不像真佐子，又不像那幅《神鱼华鬘图》……它……它比它们都美丽，真是无与伦比的美丽金鱼！”

极度的喜悦让复一的身体瘫倒在池塘畔的泥泞中。复一在大口喘气、闭上眼睛之前，恍然看到水面上那条如新星般美丽的金鱼身后跟随着许多正在培育中的金鱼，它们悠扬地昂头挺胸，在阳光下展开华丽的尾鳍，缭乱地游弋着。

老妓抄

老妓抄

老妓本名平出园子。这个名字就像是歌舞伎演员的姓氏一样，总给人一种和本人气质不符的感觉。但是如果只用她的艺名小园来称呼的话，又同她渐渐返璞归真的风度背道而驰。

所以，这里暂且称呼她为老妓。

人们经常在午时的百货商店里看到她。

她梳着一个不显眼的西式发髻，穿着笔挺的市乐和服[1]，带着一个小女佣，神色忧郁地在店里走来走去。她的双手无所事事地垂在丰满的身体两侧，在一处来回徘徊，步伐大到仿佛要猛地蹿出去似的。有时又像是脱手的风筝飞向了远方，呆站在自己都意想不到的遥远的卖场中，除了白昼的孤独外，她什么也意识不到。

---

1 一种斜纹布织的和服。

她甚至没有意识到这就是她在白昼的孤独中的休息方式，当视野中一个醒目的物体把她唤醒时，她就会懒洋洋地睁开那双青墨色的细长眼睛，看着这个物体，仿佛它是梦中的牡丹。她的嘴唇像是少女时代一样微微噘起，走到那处角落，对着它泛起微笑，随后又回到她的忧郁中。

但是，当她来到工作场所，发现一个可敬的对手时，虽然起初表情有些呆滞，但很快就会侃侃而谈，十分快活。

新喜乐的前老板娘还在世时，她、老板娘和另一位来自新桥的艺妓常坐在一起闲谈。她们的话语中充满了社会人熟知的那种机智和跳跃感。甚至那些年长的艺妓也抛下了她们的顾客，聚集在老妇人身边，说她们想要学习说话的艺术。

即使其他老妇人都不在的时候，她也经常向喜欢的年轻艺妓分享她的经验。

老妓会从自己懵懂无知的雏妓时代讲起，那时她听着客人和前辈之间聊的露骨话题而大笑失态，因此羞愧到没法站起来，继而痛哭流涕。然后，她讲到自己被金主包养的日子里和情人私奔，结果母亲被金主押为人质的故事。还有自己成了老板娘，手底下也有了两三名艺妓以后，虽然表面风光，但实际上为了借到五块钱的现金，专门买了可以月底结算的十二块钱的往返电车票去往横滨。在身旁的那些年轻艺妓笑得精疲力竭之前，老妓会一直讲述着这些情节不同但是趣味相似的故事。她就像是个妖怪，使用着这种循序渐进的讲述方式，不知不觉间将自己魅惑的手伸到听故事的小艺妓身旁，仿佛是嫉妒年轻人的老女人在通过这种狡猾的方法巧妙地折磨她们。

年轻的艺妓们终于揉乱头发，摁着自己的两肋边喘边说："大姐，求你别说了，再说下去我就要笑死了。"

老妓从不谈论活着的人，只是分享她对那些已故的熟人的一些独特观察。这些人中有令人意想不到的普通人和艺人。

有一件逸事，不知是真是假。当中国的京剧名旦梅兰芳到帝国剧院演出时，老妓曾经拜托一位照顾过她的富豪说："无论花多少钱都行，希望您能制造一个机会让我和梅兰芳先生见一面。"结果被对方婉拒了。

那些笑得很痛苦的艺妓当中有一个人决定报复回去，她问道：

“大姐，听说当时你从腰带的衬垫[1]里取出银行存折给对方看，说我有这么多钱，这是真的吗？”

老妓像个孩子一样气呼呼地说道：“说什么傻话，我又不是小孩子，怎么会把钱放在衬垫里。”

先不论真假，为了能够看到老妓这副天真的模样，年轻的艺妓们也经常这样追问她。

老妓在讲完所有的故事后说道：“但是你们要知道一点，无论经历了多少男人，我们最终也不过是在寻求一个理想的范本罢了。现在回忆起来，我被这个或那个男人所吸引的局部，都只不过是我所寻求的那个男人身上的一小部分品质，所以我和任何一个人都没能长久地走下去。”

“那么姐姐在寻求的男人究竟是什么样的呢？”年轻的艺妓们反问道。

“我要是知道的话就不会过得这么辛苦了。”或许

1 原文作“带揚”，是腰带里的衬垫，用来包住支撑腰带形状的带枕，同时将其收于腰带正上方。

是像初恋一样，又或许是将来可能遇到的某段情缘，老妓道出了日常生活中忧郁美的本质。

“有时我真的很羡慕那些良家女，她们能听从父母的话，和一个男人一起度过一辈子，毫不犹豫地生下孩子，然后在孩子的照顾下死去。”

听完老妓的故事后，年轻的艺妓们纷纷表示姐姐的故事虽然有意思，但是听完后总让人有些心灰意冷。

老妓经过多年的辛苦工作后积累了一大笔财产，十年前，当她可以自由选择是否出台时，她开始莫名想过上健康正常的生活。其表现之一就是把作为艺妓店的前屋和自己住的带库房的榻榻米房间分隔开来，在后院开了一扇像普通住宅出入口的后门连接到大路上；另一个表现就是她收了远房亲戚的孩子作为养女，并把她送到女子学校。此外她的学习重心转移到了对新事物和知识的追求上。通过附近某个朋友的介绍，她到记录这则故事的笔者门下学习和歌。那时，她说了这样一番话：

“所谓艺妓，就像是一把菜刀一样，并不需要特别锋利，但是必须可以适用于大部分场合。希望您把我教到这种程度就可以了，我已经到这把年纪，很自然地和那些品位高雅的客人来往的机会就多了。”

笔者对这位年龄几乎可以做自己母亲的老妓进行了为期一年的观察，发现尽管不能说她没有作和歌的素质，但是性格更适合吟咏俳句。所以最后把她介绍给了一名女俳人。老妓为了感谢笔者一直以来的指导，派了一位工匠师傅到笔者家中，在院子中庭里建造了一个下町风情的小池塘和喷泉。

她从自己先前接客的料理亭里看到了电气化设备，在一股不服输的劲儿的驱使下，她将自己的正房改建成了东西合璧的风格，并装上了同样的设备。安装完成后，她在这种文明的利器的运转中，感觉到了一种健康而又神秘的东西。

注入凉水后很快就能倒出热水的电水壶，将烟斗放上去后立刻就能生火点燃烟草的电子烟灰缸。每当她使用这些东西时，内心深处就会因为某种新鲜感而颤动。

“就像是活物一样，嗯，万事万物都应该这样……”

在这种感觉中诞生的快节奏的世界，促使她开始回忆自己的一生。

“我们这辈子的经历，就像在慢吞吞地点亮罩纸灯，灯亮了又幽然地吹灭，如此重复着光亮与昏暗。”

尽管她为装修的高昂费用感到有些难受，但还是乐于摆弄那些电气设备，有一段时间兴奋得每天都像是孩子一样早早起床。

电气设备经常出故障，这时附近一位叫作莳田的电气商就会过来维修。老妓经常待在修理现场好奇地看着，不知不觉间也学习到了很多电气方面的知识。

“正电子和负电子结合在一起就可以产生许许多多的现象，这就跟人与人之间的相处一样啊。”

她对文化的惊异更深入了一层。

在一个只有女主人的家里，经常会有需要男人帮忙的地方，有时莳田也会顺便来帮帮忙。有一次，他带了位青年一起过来，说以后电器遇到问题的话就找他解决。青年姓柚木，是一个开朗又有些吊儿郎当的人。他环顾了一下老妓的家，说道：“艺妓的家里居然没有三味线啊。”每次来时，这副轻浮的态度和压倒旁人的飒爽的年轻气势，不知不觉间让他成了老妓最喜欢的拌嘴对象。

“柚木君的工作好无聊啊，我连一周都干不下去的。”她也开始使用这种年轻人的用语。

“是呢，这么无聊的工作让人一点儿也提不起劲儿[1]来。”

“什么叫‘起劲儿’。”

“起劲儿呢，用你们圈子里的话来说，就是诱惑力。”

老妓突然对自己的人生感到一丝悲哀。她想到自己一辈子参加过的宴席，陪侍过的客人，他们对她来说也没有丝毫诱惑可言。

“这样啊，那什么工作才对你有诱惑力呢？”

青年的答案是搞发明，拿到专利赚钱。

“那赶紧做不就好了吗？”

柚木抬头看着老妓：

“赶紧做？怎么可能那么简单！”他啧了一声，“所以才说你们这群女人只会四处玩乐啊。”

“也不是这个意思，既然这么说了，我也是有心帮你忙。这样，你日常的开销由我负责，你就尽情做

1 原文作“パッション”，即passion，意思是激情。

自己想做的事情吧。”

这样，柚木就从莳田的店里搬到了老妓名下的一套出租屋中，老妓又按照柚木的要求将屋子的一部分改成了工作室，在里面购置了一些研究器械。

柚木自小苦学，终于从电器学校毕业。然而，他志向远大，不想成为一个被限制住自由的工人，因此成了一个几乎是日结工资的临时工，辗转给市里的各家电器店打工。恰好莳田是他同乡中学的前辈，又很喜欢照顾人，柚木便住在他的店里帮忙。但是莳田家孩子很多，烦琐的工作一件又一件，柚木本来就快要厌倦了，所以立刻接受了老妓的帮助。不过，他也并没有因此而产生什么感激之情，他认为像老妓这种从男人身上榨取钱财，一辈子为所欲为的女人，老了以后为了赎回自己的良心大概都会这么做的。尽管他没有胆量认为自己是施恩的一方，但也并没有因为受老妓的恩惠而感到任何负担。这是他有生以来第一次不用为每天的生计发愁，可以专心将书中的内容与自己的试验结果相结合，将可用的部分融入自己的思路，从而创造出世间所没有的东西。这种安静而踏实的生活十分幸福。柚木从挂在柱子上的镜子中看着自己，他身材健壮，穿着亚麻布上衣，烫着鬈发，靠在椅子上抽着烟。之前这种面貌仿佛只属于别人，但现在的自己也和这种年轻发明家的形象十分匹配了。工作室的外面有一圈走廊，狭长的矩形花园中种着少许植物。当他干活干累的时候，就会来到走廊仰面躺下，望着都会稍显混浊的蓝天，将各种幻想移入他的睡梦中。

老妓每隔四五天会来看望他。她一般先在屋子里转一圈，看看有什么生活不便的地方，然后再派人从自己家送过来。

“你作为一个年轻人还真的是不用人照顾啊，屋里总是整整齐齐的，没有一件脏衣服。”

“那当然，我的母亲去世得很早，从婴儿时期我就开始自己洗尿布自己穿。”

“怎么可能！”老妓笑了，但很快又面带悲伤地说，“但是，男人如果天生太注重细节不就无法成大事吗？”

“我似乎不是天生这样，只是习惯成自然。但凡看到自己有一点儿懒散的地方就会感到不安。”“我也搞不太懂，但是如果你有什么想要的东西，尽管说就是了。”稻荷神社的祭祀日那天[1]，两人点了稻荷寿司的外卖，像是母子一样氛围轻松地吃起来。

相比之下，老妓的养女美智子的脾气则阴晴不定，有时连续好几天都过来找柚木玩。美智子从小成长在男女情事可以像商品一样买卖的环境中，无论她的养母使用什么手段屏蔽这些，她的心还是被这些商品化的感情催育了。她很早熟，但也只是表面上有一番对性感的领悟，青春期倏然来临，她的内心深处却寂静无痕、宛如处子，和外表形成了强烈的反差。柚木对于和美智子做伴毫无兴趣，美智子也没有得到乐趣，有时也就不来了。但是，不久之后又恢复了来访的频率。她大概是觉得自己家里有一个受养母照顾的年轻男性，不去玩一玩也是吃亏了。此外，对于养母捡来一个非亲非故的人，也是很不服气的。

美智子随意地坐在柚木的膝盖上，窃视流眄。

---

1 原文作“初午の日”，即“午日”，日本各寺院在神佛诞辰、示现的一天举行祭典，这一天叫“缘日”。“午日”是稻荷神社的“缘日”。

“你猜猜我有多重。”

柚木用膝盖上下掂了两三次后说：“你已经到了该结婚的年纪了，但是情操不足啊。”

“谁说的，我在学校的操行得分可是A呢。”

不知是美智子故意曲解了柚木所说的话，还是真的理解错了。

柚木隔着衣服探索着姑娘的身体，发现真相不过是一个发育不良的孩子模仿成熟女人故作媚态。他不禁哑然失笑。

“太失礼了！”

“反正就你厉害。”美智子生气地站了起来。

“你至少运动运动，就能拥有你妈妈那样的身材了。”

从那以后美智子不知为何，总是对柚木怀有一种憎恨之情。

半年多的时间里，柚木一直生活在幸福感中，但是打那以后，他常常会陷入恍惚。他想发明的东西还停留在幻想中时，确实很有吸引力。但是实地调查、研究以后，他发现和自己的想法类似的方案都已经被授予了专利。随着想法的逐步推进，为了绕开别人的专利，柚木不得不对其外表进行改造，同时他也开始怀疑这样的发明究竟是否会被社会需要。有的发明在行家看来是天才的手笔，但是却从来没有投入市场，而一些只是灵光闪现的小创意却往往非常成功。虽然柚木很早就知道发明是一个伴随着投机的工作，但是真正做起来时才痛切地感到一切并没有他想象的那么顺利。

不过，让柚木失去热情的原因主要在于他自身。曾经他在别人手下干活的时候，常常幻想自己可以远离生活的烦扰，专心投入研究工作中。出于这种憧憬，他才可以忍受繁多的杂活。而一旦过上了每天都一成不变的日子，才知道这样的生活是如此单调而痛苦。周围的环境有时过分安静，没有一个人可以商量、只能自己冥思苦索的状态，总是让柚木感觉受到了威胁，仿佛自己为了做某件错事而脱离了正轨，被社会所抛弃。

柚木对于赚钱这件事也产生了怀疑。像现在这样不用担心每日的生计，心情好的时候出去看场电影，或者去酒吧喝到微醺再乘坐出租车回家的日子就让他很满意了，何况这些花费老妓都会爽快地报销。对柚木而言，有这份快慰就已足够。曾经有两三次，他被同事带去寻欢作乐，但是和艺妓的关系也只限于金钱交易，并没有更进一步的动作。相比起来，他更想在玩个尽兴后回到自己家里，在自己喜欢的床上睡觉，所以他从不在外留宿。在寝具方面，他有着和自己身份很不匹配的奢侈欲，羽绒被都是从家禽店买来羽毛亲自缝制的。

柚木发现除此以外自己怎么也提不起欲望来，所有的不羁与刚性都好像莫名其妙地被什么东西中和掉了。想到这里他感到一阵心灰。

他甚至怀疑自己作为一个青年，与同辈相比已经不正常了。

相反，那个老妓究竟是什么样的人呢？她总是一脸忧郁，内心却有一股令人难以捉摸的坚实力量。哪怕是练习技艺，她也会一步一步贪婪地吸收着未知的东西。满足与不满足交替地推动她前进。

老妓再一次来探望他时，柚木提出这样一个问题：

“你知不知道法国有一个著名的歌舞剧女演员，

叫密斯丹格苔？”

“啊，我知道。我听过她的唱片……那一段真是了不起啊。”

“有人说那个老太太把身上的皱纹都藏到了脚底板，不过你似乎还没有这个必要。”

老妓的眼里闪过了一阵寒光，但又很快微笑着说：

“我已经一把年纪，连年豆子[1]都要数不清了，皮肤状态虽然不像以前那般，但是你也可以试着摸一摸。”说着卷起左手腕的袖口，将手臂伸到柚木跟前。

“你用拇指和食指用力掐一下手臂这里的皮肤。”

柚木照做了，随后老妓又用自己右手的两根手指抓了一下另一边的皮肤，在柚木手指中的皮肤慢慢滑落，回到了原来的状态。他又试着使劲抓了一次，但是由于老妓抓着另一边所以没能得逞。老妓的皮肤有着羊皮纸一样神秘的白色和鳗鱼腹部一般的柔韧性。这种感觉一直残留在柚木的心底。

“感觉有点儿恶心，不过真的很令人惊讶。”

1　日本在立春的前一天有撒豆驱鬼的仪式，仪式结束后要捡起福豆，按自己年龄吃下相应的数量。

老妓用绉绸衬衫擦了擦手臂上留下的红印，把袖子放了下来。

“这都是从小被打着骂着学跳舞练出来的。”

她回忆起了幼年时代的辛苦，脸色逐渐暗淡下来。

“你最近怎么样了？”

老妓盯着柚木看了一会儿说道：“我并不是想说让你好好学习，早点成功，只是感觉你最近像是离开了水的鱼一样呼吸困难。你本来应该是个只考虑自己的事情的年轻人，但是却关心起上了年纪的女人的年龄。讽刺的是这正是你心情不好的证据。”

柚木对她敏锐的洞察力感到惊讶，于是老实地坦白了：

“不行啊，世界已经对我没有诱惑力了。不，也许我天生就没有这种感觉。”

“那是不可能的吧？不过，如果真是这样可就麻烦了。你已经胖得快认不出来了。”

事实上，柚木原本是个身材不错的青年，但是近来像吹气球一样平添了很多脂肪，胖得像个富家少爷。茶色的眼睛上眼皮水肿，双下巴上甚至还泛着油光。

“嗯……我现在身体状态很好，不过一直维系目前的心境的话，精神就会松懈下来，忘记自己要关心的事情。不仅如此，我最近还常常感到不安，这种心情还是有生以来第一次。”

“你是不是山药麦饭吃多了？”老妓知道柚木经常从隔壁专门做山药泥浇麦饭的店里订餐，便如此打趣道，不过很快她就严肃起来，“这种时候，就要找到一个能让自己忙碌起来的事情。忙碌本身也是有价值的。”

过了两三天，老妓邀请柚木外出，同行的是美智子和两名柚木未曾见过的年轻艺妓，她们并不是老妓手下的人。年轻的艺妓盛装打扮，礼貌地对老妓行了个礼：

“大姐，今天非常感谢。”

老妓对柚木说：“今天打算给你开个慰劳会，排遣一下你的无聊。这两位艺妓的费用我已经付过了。你就把自己当一个大少爷尽情享受吧。”

两位年轻的艺妓很敬业，在竹屋渡口乘船时，年纪小的那个对柚木说："大哥哥，扶我一把吧。"在上船时又故意踉跄一下，顺势抱住了柚木的背，贴到他的胸前。柚木的鼻腔里浸润着香油的气味，小艺妓丰满白皙的脖颈从红色的和服后襟露出，颈窝处的发际线微微闪着青色的光。她缓缓露出青睐的侧脸上涂着厚厚的白粉，像是泛着光泽的白色陶瓷，衬得高挺的鼻梁像是雕塑一般精巧。

老妓坐在船中间的隔板上，从和服腰带间取出烟斗和打火机，说道："景色真好啊。"

她们一行人有时坐着出租车，有时步行，沿着荒川防洪水路漫步，欣赏着初夏风光。尽管周边建起了工厂和公司的宿舍，但是往日的钟渊[1]、绫濑川[2]的景色仍旧依稀残留在石灰岩的地面上。绫濑川边有名的合欢树也还留有一些，对岸芦苇洲上的造船工人正在作业。

"之前在向岛被包养的时候，主人是个非常容易吃醋的人，坚决不允许我踏出那个地界。有一次我离

1　位于东京都墨田区北部。

2　位于东京都足立区，足立区南接墨田区。

开家说要来这周边散步，我的情人就扮作了渔夫，把船系在这个河堤旁的合欢树树荫下。用现在的话说，我们在那里幽会。”

到了傍晚，合欢树的花渐渐绽放，造船工人的锤子声不知何时消失了。河上飘着一层青白色的薄雾。

“我们也曾经想过殉情的事情。毕竟当时只要跨过船舷就能立刻实现，现在想来真的有些危险。”

“为什么打消了殉情的念头呢？”柚木一边在狭窄的船上慢吞吞地走，一边问道。

“我们每次见面都会谈殉情的事，但是却一拖再拖，直到有一天河对岸漂来一具投河自尽的肿胀的尸体。我的情人挤在人群中仔细看了看那具浮尸，回来以后跟我说，投河殉情的死相太惨了，还是放弃吧。

“我也暗自思忖，如果我死了，对我的情人来说倒没什么，但是留下了包养我的主人就太残忍了。不管平时他让我多么不舒服，那种程度的嫉妒心总还是让我有些感动的。”

年轻的艺妓们说：“听了大姐那个年代纯真的情事，就觉得我们现在的工作完全是为了讨口饭吃，真是惭愧啊。”

老妓连忙摆手道："没有没有，现在有现在的好，现在无论什么事情都像电一样快，而且生活的方式多种多样，难道不是很有意思吗？"

被老妓安慰了一番以后，艺妓们投入了工作。年轻的艺妓协助着年长的艺妓，从一旁姿态妩媚地取悦着柚木。

美智子不知为何看上去非常不安。

她一开始还采取轻蔑的超然态度，远离大家拿出徕卡相机拍摄风景。但是突然又表现出和柚木很熟的样子，露骨地宣示自己在取得柚木欢心一事上要更胜艺妓们一筹。

从一个尚未成熟的姑娘身上散发出的如同得了瘟病的鸡一般孱弱的肉欲气息，让柚木有一种十分奇特的感觉，他不由自主地将其吸入两肺深处。但那只是刹那间的迷惑，并没有打动他的心。

年轻的艺妓似乎不喜欢美智子的挑战，但她毕竟是老妓的养女，自己又只是出于职业需要来到这里。所以她们尽量避免无谓的努力，在美智子展现自己的时候就收敛媚态，等她缓和下来再继续给柚木服务。对于美智子来说，两个艺妓就像是围着自己的点心来回飞舞的苍蝇一样讨厌。

似乎是为了发泄心中的不满，美智子有时会把气撒到老妓身上。

但是老妓却对这一切毫不在意，悠哉地在河堤上摘下繁缕草给金丝雀喂食，又在菖蒲园中将芋头做下酒菜喝起了啤酒。

夕暮时分，一行人正要去水神八百松吃晚餐时，美智子盯着柚木看了一会儿说："我吃够日料了，我要回家。"艺妓们都吃了一惊，想要送她回去，老妓笑着说："没事，给她叫辆车就好了。"说着在路边拦下了一辆路过的汽车。

看着汽车远去，老妓说道："这孩子想把自己打扮得更有魅力一些，但还差得远呢。"

柚木渐渐不知道老妓在做什么了。原本以为她是为了赎回自己过去在和男人们相处时犯下的罪过，所以选择照顾年轻男子来让自己好受一些，但是似乎又不尽如此。附近传来谣言，说老妓包养了一个小白脸，但是迄今为止她也没有表现出这种意思来。

为什么要这样大胆地包养一个男人呢？柚木最近

不再到工作室去，发明的努力也中断了。老妓对这件事心知肚明，却只字不提，所以她资助的目的渐渐变得可疑起来。透过朝着走廊的窗户就可以看到工作室，柚木转移了视线，来到走廊上仰面躺下。临近夏日，庭院中的古树长出一簇簇绿叶，鸢尾和杜鹃花从池塘底部的鹅卵石缝隙中探出来，招惹着牛虻飞舞。天空湛蓝而清澈，如同空中陆地一样的云彩缓缓飘过，又由于水汽而略显浑浊。隔壁邻居晾晒的衣服下桐花正盛开。

柚木想到过去出于工作原因出入过很多人的房子，把头伸进有酱油桶霉味儿的柜子角落里做着无聊的工作，从家庭主妇或者女佣煮的炖菜中分一点儿吃的做盒饭，那些曾经令人讨厌的事情现在反而成了难忘的回忆。柚木想到在莳田家狭窄的二层，按照客户的设计制作预算表时，孩子们一个接一个地过来，勒着他的脖子直到红肿，他们还会从自己的小嘴里拿出刚刚含住的糖，拉着口水丝就往自己嘴里塞。

他开始想，和发明这种伟大的事情相比，莫非自己更想过普通的生活？突然，美智子的事情涌上了他的心头。老妓高高在上，看似什么也不知道，实际上说不定她是想让自己做美智子的丈夫，在她逐渐衰老后照顾她。但也不能这样全然断定，那个不服输的老妓绝对不会为了这样一个小气的计划而对他人好的。

美智子是一个外表上十二分完美，内心却空虚无比的姑娘。柚木联想到她那类似水煮栗子内部装满了水的样子，不禁苦笑了起来。最近，美智子开始对他怀有明显的憎恶和反感，但又莫名其妙地和他纠缠不休。这种态度在柚木心中留下很深的印象。

美智子这段时间每隔一两天都会定期来访，而不是像过去那样心血来潮时才来一次。

她从后门进来，拉开了一部分被拆成工作室的客厅和茶室之间的拉门，站在门槛上，一只手靠着柱子，微微扭动身体展现媚态。另一只手藏在袖子里，摆出一副拍照时的姿势。她低下头，白着眼睛看着柚木，一副很不开心的样子。

“我来了。”

在走廊边睡觉的柚木只是“嗯”了一声。

美智子又说了一遍同样的话，但是得到的回复没变。她非常生气地说：“你怎么回答得这么不耐烦啊，我再也不来了。”

“真是无可救药的任性大小姐啊。”柚木挺起上半身，盘腿而坐。

他盯着美智子说道：“噢，今天梳了个日本发髻啊。”

“不理你了。”说着，美智子转过身，和服背部显出一道曲线。华丽的腰带结上方是拉开的角度略显不端庄的后领，露出脖子在发际线下洁白的富士山形貌，显示出一种夸张的媚态。相比之下，腰带下方一直到和服下摆处却还是毫无风情的少女姿态，像是一朵花的花柄一样，其美感和花朵相比陡然被削薄了，这在柚木看来非常异样。他想象这个姑娘成为自己的妻子，无论什么事都会听从和依赖自己，同时又能事无巨细地照料家庭。这样一来，自己的一生就很意外地回归到一种渺小而又平凡的寂寞感中，但是，一种有利可图的冲动和顺理成章的预感驱使着这种模糊又不明朗的想象萦绕在柚木的心头，紧紧收缩着。

柚木想在化妆成古典美人的美智子脸上找出更让自己着迷的魅力。今天的美智子为了让额头看上去小一些，梳了个刘海儿，鬓角分明。

“你再转过来给我看看，今天的打扮看来很适合你。”

美智子晃了晃右肩，又马上转过身来，用手整理了一下胸前的衣襟和鬓角。“真烦人啊，好了，这样可以了吗？”她对柚木能够认真观赏自己非常满意，边晃动着彩条摇曳的花绣球簪子边说：“我给你带好吃的来了，你猜猜是什么？”

柚木沉浸在自己竟已甘于被这个小姑娘戏弄的叹惋中：“就不猜，麻烦死了，你带了什么赶紧拿出来。”

美智子对柚木的蛮横态度立刻产生了逆反心理：“人家好心帮你带过来，你再这么嚣张的话我就不给你了。”说着侧过了身子。

“拿来。”柚木站了起来。连他都对自己现在的样子感到惊讶，他就像是一个大权在握的人一样，挺起身子，慢慢靠近美智子：“我说让你拿来，你就拿来。”

一种有生以来第一次的紧迫感从柚木心底油然而生，现在自己的一生有陷入一个小小陷阱的危险，同时又有一种在不明牵引力的作用下偏要铤而走险的心情操纵着他。他强迫自己不能输给这份拉扯带来的自我厌恶，额头上不禁汗水涔涔。

美智子以为他的举动还是刚才半开玩笑的蛮横态

度的后续，依旧用嘲笑般的眼神轻蔑地看着他，但是她很快察觉到情况不同，开始害怕起来。

她慢慢向茶室方向退了几步，小声嘀咕道："谁会给你啊。"但是柚木盯着她，眼睛里就要喷出火来似的。当他慢慢从怀中抽出一只手搭在她的肩上时，美智子因为过于恐惧"啊"地小声喊了出来，她的感情毫无修饰地流露在脸上，眼睛、鼻子、嘴巴都呈现出陌生的扭曲。"赶紧给我，快点给我。"柚木的话语早已失去意义，成为单调的音节，美智子感受到他的手臂传来巨大的战栗，注意到他重重吞咽唾沫时喉结的颤动。

她瞪大眼睛，哭着说："对不起。"柚木像是触电了一般，表情呆滞下来，面色苍白，眼神和刚才一样一动不动，只有越来越强烈的战栗从他的双手传递到美智子肩上。

美智子终于从柚木的动作中明白了什么。她想到养母平时说的一句话："男人都是胆小鬼。"

堂堂男子汉居然会因为这种事和自己的胆怯拼命做斗争，眼前的柚木像黏人的宠物一样可爱了起来。

她将扭曲的五官收复如初，重新摆出一副可爱又谄媚的笑容。

“笨蛋，你不这样我也会给你的。”

柚木用手迅速抹掉了额头上的汗。

“在这儿呢，快来。”

大风突然吹得庭院里的树叶沙沙作响，美智子回头看了一眼，一把抓住了柚木粗壮的手臂。

傍晚，梅雨如烟般落下，老妓撑开伞，从玄关旁的小门走进了庭院。她身着典雅的宴会礼服，走到榻榻米旁，理了理下摆端坐下来。

“我刚好去宴会陪酒了，有点儿事想跟你说就顺道过来。”

她拿出放烟草的盒子，用烟斗将替代烟灰缸的碟子拨了过来。

“最近，我们家美智子好像经常来你这里。关于这点我并不想说太多。”随后，她说两个人都是年轻人，或许会发生些什么。

“这个或许……”如果两个人情投意合，又从心底里互相喜爱对方的话，她也是非常赞成的，“但是，如果双方都是抱着玩一玩的心态，只是因为某种机缘巧合在一起的话，这样的事情世上有很多，而且很无聊。那样的话你不一定非要找美智子。我就是因为这种事吃了大半辈子的苦，谈多少次这样的恋爱都是一样的。无论是工作还是男女情事，我都想看到不顾一切一心向前的样子，如果能在身边看到这样的人，我也能够毫无遗憾地死去了。”

她对柚木说：“不要什么事都那么急急忙忙的，工作也好，恋爱也好，都不要做无用功，希望你可以一心一意，不留遗憾。”

柚木磊落地笑着说：“现在这个时代怎么可能还这么纯粹啊？”老妓也笑了：“无论在什么时代，不努力的话都是没有人能做到的啊，所以你就耐心等待，吃点喜欢的山药泥浇麦饭，仔细判断自己的运气。好在你身体好，毅力看上去也很足。”

来接老妓的车来了，她随即动身离开。

柚木从那天晚上便一个人出门旅行了。

他大概明白老妓的意思了，她想让他做自己没能做到而抱憾的事。但是，自己做不到便要让他人代替，无论对于老妓还是柚木，甚至对于那些抽到人生上上签的人来说，都是无法实现的。所谓现实，并不是露出全貌的真相，它总是只展现出一瞥希望的侧影，一点儿一点儿地引诱着人们向前走。

自己随时都能打消这种贪念，但是老妓却从不知放弃。在这点上她非常迟钝，但是这种迟钝某些时候却能让拥有它的人充满力量。

柚木惊讶地感受到这个老女人顽强的意志力，甚至错觉她已成了精。受到一种悲壮感的冲击，加之对自己毫无防备地被卷入老妓设的局中而感到的厌恶，如果可以的话，柚木现在就想逃出这个老女人强行让他乘坐的这部没有尽头的扶梯，偷偷钻回像是自制羽绒被一样舒舒服服的生活里。为了实现这个想法，他从东京坐了两个小时的火车来到了一处海滨旅馆，这家旅馆由莳田的哥哥经营，之前曾委托他过来修电器。旅馆面朝广阔的大海，四周的群山云雾缭绕。在这样的自然中安静沉思，整理思绪，对于柚木来说还是第一次。

大概是由于自己身体好吧，来到这里以后，新鲜的鱼很好吃，泡海水浴也很舒服。这段时间柚木从心底里时常涌起一阵嘲笑声。

首先，被无限的憧憬蒙蔽双眼的老女人竟完全没有察觉到，总是忙忙碌碌地生活十分可笑。其次，有一种动物，只要在它周围画个圈，就成了它无法逾越的屏障，柚木感觉自己就像是这种动物，虽然来到了这里，但依旧无法摆脱老妓所营造的环境，这点非常奇怪。被关在里面的时候感觉沉闷无聊，离开的时候又感到寂寞无解。因此，他在内心深处还是希望自己能被找到，所以才选择逃到这样一处容易被发现的目的地，这种现状也十分可笑。

和美智子的关系也很奇怪，两个人还什么都搞不清楚的时候，就像是闪电一般产生了摩擦。

待了一周以后，电器店的莳田受老妓的委托带着钱来接他回去。莳田说："是不是遇到了一些不愉快的事情？赶紧谋个生计独立出来吧。"

柚木被带了回去，但是那之后他养成了时不时离家出走的习惯。

"妈妈，柚木又跑啦。"

穿着运动服的养女美智子站在仓库的门口说道。她把自己的感情放在一边，反而因为养母的情绪波动而感到心情愉快，这是非常讽刺的。“他昨天和前天晚上都没回来。”

新日本音乐的老师回去以后，老妓正一个人待在作为教室的仓库房间里，复习学过的东西。听到这句话，她立刻放下三味线，掩饰住自己内心几乎要溢出来的遗憾之情，若无其事地对养女说道：“那个男人，老毛病又犯了。”

她用长烟斗吸了一口烟，左手把袖口展开，检查了一下自己穿着的男式大岛纹和服是否合身后说道：“别管他了，但是他这样我们也不能轻易放过他。”

随后，她又掸了掸落在膝盖上的烟灰，慢慢收拾起乐谱。美智子原本以为养母会生气，但是这份预想却落空了，她一脸无聊，拿着网球拍去了附近的球场。老妓马上给电器店打电话，像往常一样拜托莳田去寻找柚木的下落。怀着对受自己照顾的青年自私行为的极度不满，老妓对莳田毫无掩饰地抱怨着。她的声音从话筒传到握着听筒的手上，心底感到了一种将不安尽数发泄后残留的类似于微醺的寂寞感，精神又振奋了起来。挂了电话以后，她用袖口擦了擦眼角，嘟囔道：“果然年轻人就是有劲头儿啊，这样就好了。”每当柚木逃走时，她都会对他产生一种模糊的敬意。然而，当她想到柚木如果再也不回来的话，就又觉得自己做了什么不可挽回的事情。

仲夏时节，之前已经介绍给某女士学习俳句的这位老妓，突然很罕见地给记录这个故事的笔者寄来了一张和歌的草稿，让我帮她修改。笔者那时恰好在中庭的走廊上，一边看着老妓之前作为指导和歌的谢礼而修建的喷泉，一边在饭后消食纳凉。我从送信人手上接过诗稿，听着池塘的水声，怀着一种无上的好奇读着久未谋面的老妓的和歌。其中，有一首可以窥见老妓最近的心境，这里想向读者介绍一下。我在原作上稍微修改了一些，不过与其说这是师徒间的相处之道，不如说是为了更好地向读者表达原文的意思。我保证只修改了个别的修辞而没有破坏原作的内容。

我心之悲，日月逾迈；
我生之春，韶华不減。[1]

---

1 原文作“年々にわが悲しみは深くして、いよよ華やぐいのちなりけり。”大意是“我的悲伤逐年加深，我的生命日益灿烂”。

寿司

鮨

东京的一条街上有许多危险的斜坡，位于市区和高级住宅的边缘。对于绕过繁华街道而至的人来说，这里就像是一个完全不同的世界。换句话说，有时候人们厌倦了大城市的车水马龙，就会来到这个小镇调整心情——“福”寿司店位于小镇的最低处，两层的红砖店面在三四年前建造，当时也只修了门面，房子的后方仍然延续老房子的构造，柱腿由山壁支撑。

这是一家普通的寿司店，已经开了很长时间，但生意一直不景气，前任老板将招牌和家族生意交给了朋世的父母后，店里才逐渐有了生气。新老板在东京最好的寿司店接受过培训，对客人体察入微，还大幅提升了食材品质。这家店以前几乎都是外卖，但新老板接手后，许多顾客愿意来堂食。一开始只有一家三口的冷清店铺，到后来必须雇寿司师傅和年轻的服务员才能顾得上。来到店里的顾客各不相同，但也有共同之处——他们都被身后和眼前的现实生活压得喘不过气来，想要从这一切中得到解放，转换心情。

在这里你可以行使自我展示的特权，根据心境的不同，随意袒露或伪装自己。无论你行事轻浮还是言语矜夸，都不会显得格格不入。人们之间有一种自然的亲近感，他们在现实中“捉迷藏”，边用一种互相袒护的眼神看着对方，边拈起寿司或喝一口茶。但也有一些客人，比起活生生的人更像是草木，他们默默端起寿司就迅速离开，似乎对其他顾客毫不关心。总之，寿司店终日弥漫着令人愉悦的气氛，无论人们如何沉迷于此，都不会为其所困扰，直到时间流逝，赏心乐事都落幕。

寿司店的常客中，有前猎枪店老板、百货公司客户经理、牙医、榻榻米店老板的儿子、电话交易员、石膏模型技术员、儿童用品销售员、卖兔肉的推销员、证券公司的退休职员，还有一些戏剧演员——他们可能住在附近，在剧院不忙时做一些副业，尽管丝绸衣服上已沾了油污，露出的白净的手仍灵巧地挑着寿司。住在附近的常客会在理发的时候顺道前来，而那些从更远的地方来此处办事的人，则会在业务前后抽空过来。随着季节的嬗变，白昼延长时，最繁忙的时间要从下午四点左右直到华灯初上。

每个人在各自喜欢的地方坐下，就着生鱼片配醋拌菜喝清酒，也有的一落座就开始享用寿司。

寿司店的老板，也就是朋世的父亲，有时会把一盘染成黑灰色的押寿司[1]放在老顾客的桌上。好奇的面孔从四面八方凑过来，“这是什么？”老板与顾客交谈，就像朋友一样。

“啊，这是我睡前的下酒菜。”

常客抓起一个说：“用旗鱼做的话味道有点儿浓了。”

“是用竹荚鱼做的吧。”这时，侧坐在榻榻米房间柱子下的老板娘——朋世的母亲——晃着身上的赘肉笑着说，“你们都被老头子骗了！”这是用盐渍秋刀鱼制成的寿司，用豆腐渣来吸走多余的盐和脂肪。

“大叔你真是个狡猾的人，自己偷偷吃这么美味

1 一种寿司种类，采用一定形状的模具（押箱）压制而成，可切块分食，不同于一个一个用手掌握出的“握寿司”。

的食物……”

客人们的谈话总是很热烈。

“秋刀鱼这样吃的时候味道也不一样。”

“我们毕竟负担不起这么昂贵的奢侈品。”

“大叔，店里怎么不卖这个啊？”

“别开玩笑了，卖这个的话，其他的寿司就会卖不出去，秋刀鱼也卖不出好价钱。”

“你还真知道怎么做买卖。”

其他寿司食材用光后剩下的，诸如鲣鱼中落、鲍鱼肠和鲷鱼鱼白，他也会准备好，偶尔供应给常客。朋世看着他们，一脸不悦，说：“这么难吃的东西，我已经吃腻了。”

然而，这些东西并不定期供给常客，而是出其不意地拿出来。常客们知道他在这方面非常善变，所以也从不求他。当客人非常想吃的时候，就会偷偷地拜托朋世，朋世则是一脸不耐烦地拿给他。因为从小就熟悉这些人，她有些想当然地通过他们来认识社会，觉得人活着不必在意太多。

在学生时代，她对于寿司店老板女儿的身份有些羞于启齿，进出家门时尽可能远离朋友，所以感到很孤独，但在某种程度上，她的孤独也被父母的关系所浸染。母亲和父亲的感情已经冷却，并没有争吵的必要。然而，出于生存的需要，他们隐隐约约地交换了更多本能的配合和呵护，而且已经发展到了条件反射的地步，所以他们在世人看来是一对安静而相当友好的夫妇。父亲热衷于在市中心某处的大楼里开一家分店，平日里则以饲养小鸟为爱好。母亲不去观光旅游，也不买衣服，而是执着地从寿司店的月销售额中存下她的个人存款。

父母只对他们的女儿有一致的看法，觉得至少要让她接受教育。这对夫妻在面对社会竞争时不经意地联合起来，对抗他们周围涌动的知识氛围。“因为自己是做寿司的，所以想让女儿好好受教育。”但之后该怎么办，完全一无所知。

在纯真的环境中长大，表面上对社会有一定的了解，懂事而孤独——这就是朋世的性格——没有人会敌视或过度揣摩这样的女孩。然而，在面对男人时，她并不害羞，也不矫揉造作，这在女子学校的老师中引起了一阵骚动，但当人们意识到她是作为商人家的女儿而自然流露出这种性格时，这种怀疑也被验证为只是一场虚惊。

朋世有一次在学校远足时去了多摩川。初春时节，她向小河的死水潭望去，看到许多鲫鱼在小河中游来游去，在青绿色的水中闪动着尾鳍，就像新鲜的茶叶一样，吃着桩根上的苔藓，然后又漂走了。紧接着，另一条鲫鱼游了过来，闪动着尾鳍。来去交替是如此迅速和微妙，以至人的眼睛都看不清，只觉得似乎有几条同样的鱼总是在那里玩耍。有时也会出现一条看起来很懒散的鲇鱼，给人一定的新奇感。

在朋世看来，店里顾客的更迭就像这春天河里的鱼一样，即使有一群常客，但他们中的每一位都会改变，而自己就像桩根上的绿苔，每个人都轻轻地触碰着她，并获得慰藉。朋世对店里的服务既不抱有义务也不倾注耐心。她穿着一件并不修饰胸部或腰部曲线的少女式羊绒制服，拖着一双男式木屐在房间里走来走去，为顾客端茶送水。当一位顾客取笑她风情万种时，朋世的嘴角微微抽搐了一下，她耸起一边肩膀说："真头疼，我不知道怎么回答呢。"不出所料，对她的调情冲动戛然而止在她的尾音里。顾客们笑了，如此微小的慰藉就像淡淡的亮光被浇灌到他们的感情中。如果说朋世是福寿司店的一个招牌的话，差不多也就只是这个程度而已。

其中一位客人被尊称为凑先生，他是一位五十多岁的绅士，眉毛很黑，脸上常常掠过一丝忧郁。有时他看起来比较显老，有时又像一个充满热情的成熟男人。但是，一种不苟同于世俗的敏锐知性，时而会在他的人格中闪现，并柔和地擦亮了他苦涩的脸。

他有一头浓密的鬈发，中分，留着法式胡须。有时他穿着毛呢大衣与沾染尘土的红色短靴，有时穿着略显老派的结城和服[1]。他是个单身汉，但没有人知道他的职业，店里的人经常叫他老师。他是一个吃寿司的老手，却毫不做作。生锈的拐杖在地板上砰砰作响，他坐回椅子上，然后斜着身子靠向寿司台，慵懒地检查玻璃盒中的配料。

"嗯，今天有很多东西可以选择。"

朋世的父亲记得这个客人有些洁癖。所以每当凑

1 用日本茨诚地方出产的高档真丝面料"结城绸"制成的和服常服，外观朴素而耐穿。

先生来店时，他总是不自觉地把抹布放在砧板和餐具上擦拭起来，说：“红鲕鱼很肥美，今天我们也有蛤蜊。”

“那我要一份。”

“好嘞。”老板的反应自然与其他客人不同，他心照不宣地拿准了凑先生想吃的寿司，从鲔鱼的中肚肉开始，随后是酱汁卤过的食材，再过渡到清爽的口味，最后以一个鸡蛋或海苔卷寿司结束。此外，握寿司的师傅还会将当天的特供食材根据需要加进去。

凑先生在喝茶或品尝寿司的时候，要么用一只手撑住脸颊，要么低下头，下巴抵在支着拐杖的手掌上直视前方。通过开放的后室，可以看到后面的树林和小溪，也可以看到前面正在洒水的街道，或者对面墙上的茂密椎木叶。

起初，朋世只是觉得这个客人有点儿冷峻，但渐渐地，她习惯了他神秘的眼神，从端茶到收拾餐具，如果他一直不把视线转向自己，朋世就会感到不满意。然而一旦迎上他的目光，她又觉得自己可能随时会失态。

他们偶然看到对方并相互微笑时，她从这位年长的客人身上感受到一种与父母截然不同的温暖和鼓励，一种暧昧的刺激使她心情愉悦。所以当凑先生望着远方时，端坐在水壶前的朋世时不时会停下她手中的刺绣，假装咳嗽或发出一些声音，不留痕迹地吸引他的注意。然后，凑先生就会有所感应，微笑着看向朋世，原本上牙咬紧下牙的紧绷的嘴角此时变得圆润起来，胡须也几乎翘上眼睛。她的父亲边捏寿司边抬眼望了望，以为朋世又在调皮，便摆出一副淡漠的样子继续工作。

凑先生也会和餐厅的常客交流。他们说到赛马、股票、时事、围棋、象棋、盆景——一般来说，都是这种地方的顾客通常会谈论的话题，但凑先生会让他们畅谈八分，自己表态二分。他的沉默并不意味着他看不起人，也不等同于他在忍受这些无聊的话题。证据就是，当有人给他一杯清酒时，他会说："以前喝酒伤了身体便戒了，但今天机会难得，我就喝了吧。"他挥动瘦而结实的手臂，接过杯子，出于尊重爽快地喝下，然后把酒杯还回去。觥筹往来之间，能看出他面对他人的善意必定加倍报答的好涵养，所以常客们都觉得他是个好人。

唯独朋世不喜欢这样的他，反而觉得这样的态度有些轻浮，客人们只是随意地展示了社交性的热情，但自己却付出了真心——她觉得凑先生吃亏了。甚至认为，每当接受别人的好意时，凑先生就成了一个浅薄且贪恋人情的上了年纪的男人，在这种时候，连他戴在中指上的古埃及甲虫样式的银戒指也看着刺眼。

当对方因凑先生的回应而起了兴致，一再向凑敬酒，而凑也沉湎于酒桌的礼仪中，带着笑意要伸手时，朋世就会冲过去，从凑先生手中抢过酒杯："你都说了喝太多酒对身体不好，就别喝了！"

随后，她会代替凑，把酒杯还给对方，然后一言不发地离开。她其实并非出于对他健康的关心，而是因为涌上心头的嫉妒。

客人打趣地说："朋世可真是个好妻子啊，大事小事都要管一管。"凑先生便苦笑着，行礼示意后回到自己的座位，伸手拿起沉甸甸的茶碗。

朋世明知自己越来越关注凑先生，反而别扭地表现出冷淡的态度，当凑踏进店门，她有时会直接背对着他走开，凑则对她这样的举动露出和缓的笑容。而当朋世不在时，他的神情似乎比平时更加悲伤，忧悒地凝视着前面街道和屋后山谷的风景。

一天，朋世提着笼子，到街上的花鸟店买溪树蛙。朋世的父亲非常喜欢饲养这类动物，也很会养，但有时他也会犯错——马上就到溪树蛙歌唱清凉的初夏季节，才发现饲养的数量不足。

朋世来到目的地附近时，看到湊先生拿着一个玻璃盆刚离开。他朝着相反的方向慢悠悠地走，摆弄着玻璃盆，没有注意到朋世。朋世走进商店，迅速买了想买的溪树蛙，趁店员把它们放进笼子之际，她走出商店留意着湊先生的行走路线。

溪树蛙全都被放进笼子里后，朋世提着笼子急匆匆地追上去。

“老师！”

“啊，是朋世啊，在大街上遇见可真不容易。”

两个人边走边看了对方买的东西。湊先生买了一条骷髅鱼，这是一种西方的观赏鱼，骨头穿过琼脂般的肉，肠子在鳃下微微隆起。

“老师的家在附近吗？”

“现在是住在附近的公寓里，但不知道什么时候会搬走……”湊先生看了下街边，觉得好不容易在街上遇到了，很想请她喝杯茶，却没找到合心意的店，“拿着这些也去不了银座啊。”

“就算不去银座，我们也可以去周围的空地休息下。”

凑先生看看周围充满生机的新树，向天空呼了一口气，说：“那也好。”

拐出这条街后不久，山壁边上有一块空地，是被烧毁的医院废墟，遗留下来的砖墙看起来颇有古罗马的气度。朋世和凑先生把他们的东西放在草丛旁，伸直了腿坐下。

朋世本来想问凑许多话，但现在这样并肩而坐，突然觉得没有必要张口，反而很享受这种如坠云雾的感觉，眼前的一切都变得朦朦胧胧的。凑先生先开口说话了，心情很好似的：“今天的朋世，看起来成熟了许多。”

朋世想了想该怎么接话，但最终也没说出什么像样的话：“您好像真的很喜欢寿司。”

“是吗？”

“不是的话，为什么总要来店里吃呢？”

“也不是不喜欢，但即使并不是特别想吃的时候，吃寿司这件事也会给我带来安慰。”

“为什么？”

为什么凑会说，即使并不是特别想吃的时候，吃寿司这件事也会给他带来安慰——凑先生说了这样的故事：

每况愈下的豪门旧家族里诞生了一个奇怪的孩子。据说比起大人，孩子更能够感应到大家庭的败落，当这种衰败的征兆变得强烈时，孩子在母亲的肚子里就会感觉到生命遭受了威胁。

这个孩子从小就不喜欢吃甜食，零食也只吃咸仙贝饼干。他吃东西的时候，上下牙齿会对齐，从圆圆的仙贝饼干的边缘开始咬出规整的形状。仙贝饼干不潮湿的话，会发出好听的声音，孩子只有在充分咀嚼了嘴里的仙贝饼干后才会咽下去，如此重复着，缓慢地进食——仙贝饼干被咬碎的时候，孩子轻轻闭上眼认真倾听。

咔嚓！咔嚓！声音也不太一样，孩子听多了就能分辨出来了。当孩子听到其中的某种音调时，会不禁打起寒战。孩子放下拿着仙贝饼干的手，想了一会儿，他的眼睛里浮上一层泪水。

家里有哥哥姐姐和一位仆人，他们都说这个孩子很奇怪。这个孩子吃东西很偏执，不喜欢吃鱼，只喜欢少数的蔬菜，绝对不吃肉。孩子的父亲明明很紧张，表面上看起来却若无其事，他走过来看孩子吃什么："儿子你就吃这些怎么活？"

家道中落的一个原因是时代，父亲是个懦夫，却想显得大度，所以他像是旁观一般，无奈地看着这个家庭的衰落，时不时咕哝着："什么？还没有，还没有。"孩子小小的盘子里总是放着炒鸡蛋和浅草紫菜海苔，父亲盯着看的时候，母亲则是用衣袖挡住盘子说："不要大惊小怪的，否则他会很不舒服，连这个都吃不了。"

其实孩子觉得吃饭很痛苦。哪怕咽下色香味俱全的食物，也会觉得身体变脏了，为什么没有像空气那样的食物呢？虽然也能充分感受到饥饿，但完全不想吃东西。看到地板上冰凉清透的水晶装饰品，他用舌头去舔，用脸颊去蹭。饿到不行了，大脑变得空白，意识也渐渐飘远。甚至在观看山谷的日落时，也是如此，山谷就在A山的后面——凑出生在城市的角落，与这里的地形类似——孩子甚至认为如果他像夕阳那样从山上滑落死去也无所谓。

身上的腰带紧紧束缚着瘪下去的肚子，此时孩子会把手插进腰带中间，身体前倾着仰着头喊“妈妈”。孩子叫的并不是自己的亲生母亲。孩子最喜欢自己的母亲，但他总感觉在某个地方，也有着一位自称“妈妈”的女人。话虽如此，如果自己呼喊之后，有一位陌生女人真的出现在眼前，那他也肯定会大吃一惊地昏过去。因此，呼喊这件事就像一件悲切的乐事，一声声“妈妈”，如同一张张薄纸在风中瑟缩。

“我在呢。”孩子的亲生母亲回答。

“哎呀，这孩子在这里干什么呢？”她摇了摇他的肩膀，看着他的脸。孩子对会错意的母亲感到羞愧，红了脸。母亲呜咽着说：“说了多少遍要好好吃饭，真不听话。”在这种关怀之下，鸡蛋和浅草紫菜海苔成了最合孩子胃口的食物，孩子虽然觉得腹部沉重，但很洁净。

伴随着进食，悲伤的情绪又不知从何处漫卷了全身。这种时候，他会想咬酸软的东西，咀嚼新鲜采摘的李子和橘子。梅雨季节，孩子知道这些水果在山上和山谷中的位置，就像专程来采摘水果的乌鸦。

孩子在小学的时候读书很好。读过一次听过一次的东西他立刻就能明白，并把它烙在大脑深处。孩子觉得学校的课程太简单无趣。但越是厌学，反而成绩越好。无论在家里还是学校，大家都对这个孩子不一般。

他的父母在屋子里争吵之后，母亲来找孩子，意味深长地对他说："你太瘦了，所以学校的老师和学务委员间有些传言，说这是因为家里不关心你的健康。你父亲听说了也觉得是这样，所以对我很凶。"

然后，母亲在榻榻米上双手交叠，面向孩子鞠躬，"所以拜托了，再多吃一点儿，再长胖一点儿吧，如果你不这样做的话，妈妈真的不知道怎么是好。"

这个孩子觉得自己好像犯了罪，他预感到自己最终会因为畸形的天性而犯下罪过。他很抱歉，他让他的母亲对着自己低头。他的脸红了起来，身体一阵颤抖。但奇怪的是，他的心却很平静。通过这样不孝的行为，他成了一个坏人。如果他是这样的人，即使走向灭亡，他也不会为自己感到难过。好吧，那就吃点什么，吃那些吃不惯的东西，即使它们让他颤抖、呕吐、反胃，即使身体变得混浊、腐烂，甚至死去。这难道不比生活在对食物本能的挑剔中，让别人和自己都感到厌烦更好吗？

孩子吃了和家人一样的食物，假装没事，但他立刻吐了出来。孩子控制嘴和喉咙尽可能地保持麻木，但只要他认为吞下的食物被母亲以外的女人碰过，他的胃就会朝相反的方向挤压——妇人围裙下露出的红色裙摆，煮饭女人侧脸的黑色绒毛，这些画面猛烈地在他心中放大，撞击。

哥哥姐姐都摆出嫌弃的样子。父亲瞥了一眼孩子的侧脸，然后装作不知道一样倾斜晚酌的酒杯。母亲一边清理孩子的呕吐物，一边责备地看着父亲说："你看看，不全是我的错，他就是这样的人。"

她叹了口气。然而，母亲对父亲还是战战兢兢。

第二天，母亲在门廊上放下一张新的草席，门廊外绿荫浓密，她拿出一块砧板、一把刀、一个水桶和一个防蝇纱罩，所有的工具都是崭新的。母亲让孩子坐在与她相对的砧板边上。一个盘子被放在孩子面前的桌子上。

母亲卷起双臂衣袖，伸出玫瑰色的手掌，像魔术师一样，将掌心翻给孩子看。然后她用手搓了搓，说：“仔细看，我们使用的工具都是新的。而准备这些东西的人是你的母亲。看看手洗得多干净。你看到了吗？现在，那里……”

母亲把醋和已经在碗里煮好的米饭混合在一起。两人都被这股味道呛到了。然后，母亲把碗放到自己旁边，从里面抓出一些米饭，用双手把它握成一个小的长方形。

在纱罩里，寿司的原料已经准备好了。母亲迅速从里面拿出一块，压了压，放在一块长方形的米饭上。她把它放在孩子面前的盘子里。这是一个蛋卷寿司。“你看，是寿司。用手直接拿起来吃吧。”

孩子照做了。米饭的味道和鸡蛋的甜味混合在一起，恰到好处地抚摸着裸露的口腔内壁，充盈在舌尖——如此美味和熟悉，吃完一个就让孩子想依偎着母亲。孩子的身体里像被浇灌了热水，充满了温暖的香味和亲近的感觉。

孩子觉得脱口说出好吃来有些不合适，所以他只是笑了笑，抬头看着他的母亲。

母亲又像魔术师一样，把手转到背后，抓起米饭，从纱罩中取出一块食材，捏制后放上孩子的餐盘。

孩子奇怪地看着米饭上白色的长方形切片。这时，母亲变得严肃起来，但并不令人害怕：“这没什么，就当是白色蛋卷，吃吧。”

于是这个孩子一生中第一次吃了墨鱼。它像象牙一样光滑，比生年糕要好吃得多。在吃墨鱼寿司的冒险过程中，孩子的表情放松了，原来像充了气一样紧绷的脸一下子松了劲。他脸上的笑容证明了食物的合意。

母亲再次递来放着一块透明白片的米饭。孩子接过它，把它送到嘴边时，被那股威胁性的气味惊吓到，但他憋住呼吸，用尽全力把它放进嘴里。

白色、半透明的切片被碾压成细小的方便咀嚼的形状，滑进孩子细细的喉咙。“刚才确实是鱼，我居然已经吃了鱼……”当孩子意识到这一点时，他第一次有了征服的新鲜感，仿佛咬到了活的东西，也欢喜着想要体验更多。仿佛腰部两侧怕痒的皮肤被一双作乱的手欢快地抓挠着，停不下来。

“嘿嘿嘿！”孩子尖声笑了起来。母亲觉得自己胜利了，她把手指上残留的米饭一粒一粒地弄掉，然后故意平静地窥视着纱罩，不让孩子看到，说："你这次要吃什么？还有呢。"

孩子急躁起来大叫："寿司！寿司！"

母亲看着孩子，脸上带着略微惊愕的喜悦表情——这是孩子最喜欢的母亲的表情，这张美丽的脸，他永远不会忘记。母亲将她那双玫瑰色的手靠近孩子的眼睛，又像魔术师一样翻了手掌，端出寿司。是一个和刚才差不多的白肉鱼寿司。

母亲显然为她的第一次尝试精心选择了颜色洁净没有腥臭味的鱼肉。这些是鲷鱼和比目鱼。

孩子一直在吃。母亲捏好寿司放在盘子上，孩子马上去抓，仿佛成了一场比赛。这种比赛让母亲和孩子进入一个不假思索、无知无觉的世界。捏了五六块寿司，孩子拿着吃着——这个过程变得非常有趣。不是专业师傅的母亲做的寿司大小不一，形状难看，一些寿司还会在盘子里滚来滚去，食材散落在一边。孩子却对这样的东西更欢喜了，觉得亲手塑形的食物吃起来更有味道。

孩子突然意识到，他平日里幻想的母亲，他在内心呼唤的母亲和现在在他面前做寿司的母亲，无论是通过眼睛的观察还是心灵的感觉，几乎是一样的，她们被重叠定格在同一个画面中。在他的内心深处，既希望她们完全相同，又有一种说不清的恐惧感，如果她们太过接近，自己的意志就会消失。

他在想，一直暗中呼唤的母亲是不是就是眼前给自己提供美味食物的母亲呢？他对自己一直以来的心有旁骛感到很抱歉，更专注地看向面前的母亲。面前的母亲愉快地拍打着她的手，玫瑰色的手上粘满了米粒。

“今天就吃这些吧，吃了挺多呢。”

在这之后，孩子又吃了五六次母亲亲手做的寿司。

孩子渐渐习惯了红蛤蜊的肉，石榴花的颜色，还有那两条银色竖条纹的针鱼。他逐渐能够将鱼作为正常膳食的一部分。孩子的身体变得比以前更健康了。当他进入中学时，已经成为一个好看、强壮的男孩，让人看了都忍不住回头。

然后，奇怪的是，一直无动于衷的父亲突然对这个男孩产生了兴趣。他让孩子坐在餐桌前，教他和自己对饮，把他带到舞厅，或者带他喝茶馆的酒水。与此同时，家庭的衰败更甚。

父亲很高兴看到他英俊的儿子，穿着海军蓝白相间的和服，被其他女人喜爱。当他的儿子长到十六七岁时，终于成为一个酒色之徒。

母亲很生气，认为父亲毁了她的儿子，她花了那么多心血养大的儿子现在却已误入歧途。在母亲绝望的愤怒面前，父亲感到理亏，苦笑着不说话。儿子觉得他的父母是在用这种婚姻纷争缓解家庭衰落的压抑，他觉得这很无趣。

儿子上学时，学校的课程都能轻松应对。他毫不费劲地从高中升入大学。然而，他的内心有一种悲哀，他似乎急于找到一种方法来缓解，但这却并不容易。在经历了很长一段时间的抑郁和无聊之后，他大学毕业并得到了一份工作。

他的家庭完全崩塌了，父母、长兄长姐也都相继去世了。他本就很聪明，无论走到哪里都受到重用，但由于某些原因，他对家庭工作都不感兴趣。他的第二任妻子去世后，年近五十的他通过一次小小的投机赚了很多钱，当他意识到余生再也不用通过工作维持生活时，他辞职了。此后，他开始了漂泊的生活，在这里的公寓住一阵，再到那里的住所待一阵。

说完这些后，凑先生告诉朋世，刚才故事中的“孩子”，长大后的“儿子”就是他自己。

“我明白了。所以老师你才会喜欢吃寿司吧。”

“也不是，长大后也没那么喜欢了。最近可能因为上了年纪，经常会想起母亲，所以才觉得寿司很亲切。”

在他们闲谈的医院废墟边，有一个腐烂的紫藤花架，造型诡谲的藤蔓从空中爬到地上。藤尖长出了嫩叶，薄薄的淡紫色花绽放着，像水珠一样从花簇间垂下。在石头被运走的洞口边，有一株颜色浓郁的杜鹃花，被烧灼而枯萎的一半仍旧开着白色的花。

在花园边缘的断崖下面是一条电车轨道，有时能听到火车经过时的轰鸣声。

龙须中的紫色鸢尾花在傍晚的风中摇曳，身旁一棵粗大的棕榈树，影子也逐渐倾斜在草丛中。笼子里的溪树蛙叫了两三声，两人相视而笑。

“现在已经很晚了。你该回去了吧。”

朋世捧着笼子站了起来，凑先生把骨骼清透的骷髅鱼送给了朋世，转身离开了。

在那之后，凑先生再也没有出现在福寿司店里。

一些常客有些疑惑地发问："老师最近都没来啊？"但凑先生很快就完全被遗忘了。

朋世很后悔，与凑分别时，没有问他住在哪间公寓，所以也无法探访他。有时她会在那个医院废墟旁站一会儿，或者坐在石头上四处张望，想着凑，眼中含泪，然后茫然地回到店里。后来她也不再去了。

如今，每当朋世想起凑先生，也不过是淡淡地想："老师一定是搬到了什么地方，又去了寿司店了吧——毕竟哪里都有寿司店……"

越年

越年

加奈江领取完年终奖后正要离开，只见一群兴奋的男员工吵吵嚷嚷地从大厦四楼的公司冲了下来。加奈江和两名女同事换好衣服后也来到走廊上。令人意外的是，此时走廊只剩下一名男员工，正踱着步。加奈江朝楼梯走了几步，这名男员工突然冲到她面前，二话不说在她的左脸颊上打了一巴掌。

“啊！”加奈江被打得仰面朝天，踉踉跄跄地向右边倒去。同事明子和矶子都在这一瞬间转过脸来，呆呆地看着眼前这一幕。很快，那男人便跑下了楼梯，加奈江她们只能看见他那翻起的外套后襟。

明子想起了那人的名字，喊道：“堂岛先生，你等等！”两个同事对这种暴力行为感到愤怒，并急于做些什么。二人回头瞥一眼加奈江，见她还算没有倒下，只是捂着被打的脸颊僵硬地站着，便赶紧追赶着堂岛冲下了楼梯。

可是堂岛早就飞似的跑到了一楼的栏杆处，眼看着是追不上了，她们愤怒地大骂："胡来！胡来！"然后回到加奈江那里。

"跑了是吧？行啊，明天来上班，我请课长评评理……我是不会原谅他的。"加奈江的左脸颊上满是泪水，嘴唇发颤地恨恨说着。

"那就好，你之前做过什么得罪了堂岛吗？"矶子问道。加奈江和明子闪过不快的神情。话一出口，矶子自己也觉得问得不妥。加奈江盯着矶子说："当然没有！只不过上周课长说过，让我们少跟男员工说话，所以那人跟我搭话我就没理他。"

"哦，这样啊。那一定要让他好好吃个教训。我支持你。"矶子为了弥补自己刚才的失言，赶紧出来表态。

"课长没走就好了。可惜他下午就早早回去了。"明子说着，她心想课长要是能看到加奈江现在肿起来的左脸就好了。

"那明天再说吧。今天先回家。我稍微绕远点路，陪加奈江一起坐电车回去。"于是，家住在青山的明子就跟加奈江一起坐上了麻布方向的电车。

在电车上，加奈江被打的半边脸有些麻了，坐车又坐得偏头痛，加上左边的眼睛也开始流泪，她一直低着头。明子也是一言不发。

到了第二天早饭的时候，明子顺路来看加奈江。明子仔细看了看她的脸，安慰道："太好了，没留下什么伤痕。"加奈江却是满心不快，抱怨着："但是昨天晚上我又委屈又头疼，一晚都没睡好。"

二人乘上电车去上班。加奈江在脑海里想象自己将要在课长室跟堂岛对峙争论的样子，想着想着就忍不住激动得发抖，于是赶紧将脸转到窗外掩饰。

矶子也来到了公司，早早地等着加奈江。她待在女职员所在的整理室，几次三番地溜到男员工的大办公室，打探着堂岛来没来上班。

"都十点了，堂岛还没来啊。"矶子有些着急地跟加奈江嘟囔着。明子听见了赶紧提醒："课长已经来了，要不干脆直接找课长去。他要是一会儿出了门那就糟了。"

加奈江平复了一下心情，仔细考虑了二人的建议，终于下定决心来到了课长室。

意外地，她从课长那里听到了一个消息——堂岛昨晚就递了辞职信。那封用速递寄来的辞职信此时正躺在课长办公桌上。

“真没想到他是那样的男人，真卑劣。对公司也是，拿了年终奖就不干了，连个地址也不留。光写了一个‘另寻住处’。什么态度啊！你也不能白白被打，可以去告他。先去打听打听他现在待在哪儿。”

课长对于加奈江的遭遇也很震惊，他看了看加奈江消肿后白里泛红的脸，说道：“还好没留下什么伤痕。”

加奈江回复课长道：“我再考虑考虑。”就退了出来。

一旁等着的明子和矶子听加奈江讲了堂岛辞职的消息后，生气地说：“真可恨。这可怎么办？”矶子气得一边跺脚一边像男人一样抡起拳头砸向旁边的桌子。

“他肯定是计划好的。说不定他对咱们或者对公司心怀怨恨，才报复在你身上呢。”明子皱着眉头，扭头冲加奈江分析道。

与这愤怒的二人不同，加奈江瘫坐在自己的椅子上叹着气。挨了打却难以出气，这份委屈像根铁棒一样压在她胸口，让她痛苦不已。

午饭时间到了，加奈江却没什么胃口，只是喝了几口明子倒的茶水，带来的便当一点儿没吃。

明子担心地问她："那你打算怎么办？"加奈江无精打采地站起身来："我去问问堂岛工位旁边的人，知不知道他在哪儿。"

拓殖公司大办公室里乱七八糟地横着几张桌子，桌上堆着各个回航的船发来的报告书。房间四个角落放着暖炉，三十几个男员工都脱了外套，挽起衬衫袖子，忙着处理年内的各类文书和账本。加奈江穿过几张桌子朝着堂岛的那张走去。桌子右边坐的是一个叫山岸的男青年，他以前常常和堂岛出游。加奈江赶紧问他："听说这儿的堂岛先生辞职了啊？"

"哦？是吗？怪不得今天没来呢。他早就说要不干了，说是品川那里有个不错的电气公司。"

其他员工听了这话也七嘴八舌起来："真的假的？干得好啊他。就说这小子头脑灵光，办事也利索。"

"是啊，他之前就说过，像我们这种纯贩卖军需的公司，一旦不打仗了就立刻没前途了。"山岸故意大声说着，好像也有不满似的。

加奈江只关心堂岛的住处，于是问道：“那个人现在搬到哪儿了啊？”

山岸有些不解地看着加奈江，突然笑道：“哎呀，你想知道堂岛的住处啊。那你得请我喝一杯啊！”

“不不，不是那回事。你不是跟那人很要好吗？”话至此处，加奈江也想知道这二人的关系了。

“也算不上要好，不过之前一起去银座喝过酒，半夜一起在街上溜达罢了。”

“那你该知道他新住处在哪儿吧？”

“住处？你怎么越来越奇怪啊。你究竟想说什么？”

于是加奈江知道，自己不得不说出昨天被打的事情了。

“山岸先生，你在堂岛先生辞职后也打算跟他搞好关系吧？我需要先确认这一点，才能告诉你事情的来龙去脉。”

“你还真是不撞南墙不回头啊。我跟他只是一起喝过几次酒，他都辞职了以后自然不会跟他见面了。以后顶多就是在银座遇上了打个招呼而已。”

“那我就跟你说吧，其实昨天下班的时候，堂岛专门等在走廊那儿，打了我一巴掌。我都被打晕了。”

加奈江这时不再称堂岛为先生了，她用右手比画着被打的动作，闭上了眼睛。眼睛再睁开时，已泛起了泪光。

“天哪！这小子他……”

山岸和周围的员工都起身围了过来。加奈江又告诉了他们自己被打的理由——仅仅是因为自己没有搭他的话。众人都知道加奈江素日柔顺的性子，听了这话都义愤填膺。

“他辞职去其他公司，临走了还打女人，真是扫咱公司威信。虽然山岸你也在这儿，但我们也不得不说，可不能就这么算了。”众人一齐说道。

山岸也慌忙地说：“别说玩笑话了。我也不会饶过那家伙的。赶明儿他去了银座被我遇见了，我肯定要狠狠打他。”说着还挥舞起拳头。

众人打断了他，道：“那得等到猴年马月啊。你直接去堂岛家找他算账啊。”

“所以我就是来问那人的住址的。课长给我看了他的辞职信，上面说他正在找住处。”加奈江接话道。

“这样啊。听他说过要跳槽去品川那边的公司，家也要搬过去，但是根本不知道具体住址。不过没关系，过了晚上十点，酒吧啊，咖啡店什么的都会赶客人出来，你就去银座西边的巷子找他。找个两三天肯定能逮到他。”

看着山岸那么确信，加奈江回答：“那我就去银座那儿看看吧。你们可不能通风报信啊。”

“嘿，你这样说就侮辱人了啊。我们可都是决心要助你一臂之力的！”

众人听了山岸这话都喝彩鼓掌，好像要给复仇女剑客佐藤加奈江壮行一般。

“我们也是，以后去银座玩也会帮你留意的。佐藤小姐加油！”

夜幕降临，腊月的风吹起了地上的薄尘，银座大道上来来往往的行人都忍不住掩住口鼻。加奈江也赶紧把围巾从外套里拉出围住脸来防风沙，但转念一想怕错过了堂岛，又赶紧把围巾扯了下来，往四周张望着。

今晚明子也来了，从新桥开始一路边走边找。“都找了十天了，真烦。”加奈江终于忍不住叹了口气，说出了心声。

明子听了加奈江这么说，也忍不住说：“我最近眼都看花了。老是盯着人群里的脸看，头昏脑涨的。回家躺在床上看着天花板都打转，想吐。”

“真对不起。”

“没事，都习惯了。”

加奈江沉默了一会儿，盯着看来往的行人，随后说：“刚被打的时候，我可委屈了。现在都过去那么久了，也不那么委屈了。现在每晚都来这儿走来走去，真白费力气，像傻子似的……我也想过不盯着人看了，可转念一想，万一错过的人正好就是堂岛怎么办？又马上回头盯着。唉，这叫什么事啊。”

“哎呀，你这样犹豫不决可不行。”

“其实被打了一耳光也不是什么大事，而且一个女生因为被打了一下就成天想着复仇……”

“哦，原来你是这么想的啊。”

“不不，就稍微这么想过。而且公司里的人也总是问我找没找到。”

“这样一来，我不就成了最傻的那个了吗？”明子心烦地看着加奈江说道。

突然，一个很像堂岛的人从明子身边走过，明子赶忙转过头去。那男人也停了下来，冲明子冷笑道：

“你一脸什么表情啊？”明子红了脸低下头去。

这个男青年嘟嘟囔囔地竟朝这边走来了。加奈江和明子也顾不上找堂岛，二人快步朝南走，来到了银座七丁目的路口。此时，停车场里面驶出一辆出租车，二人看车里乘客的模样，像是堂岛，便赶忙追车，还像游泳似的伸手去够。其实从后车窗只能看到乘客戴着的礼帽。

这之后二人又燃起寻找堂岛的希望，继续漫步在银座的夜晚。

在那之后的光景，虽到了年下也是事事紧缩，街上也弥漫着紧张的氛围。而与银座闲逛的人和巷子里喝酒的青年不同，加奈江和明子二人忙着在人群里辨别堂岛，更觉疲惫。

“年底了，家里那么忙，也不说跟着帮衬帮衬。”加奈江和明子的母亲都对自己的女儿很不满。

二人还没有跟家里人说加奈江被打的事情，而且她们知道，要是跟家里说了自己在银座找人复仇，一定会被禁足的。因此二人始终瞒着。

不过她俩也商议，年底的最后四天就不出来了，留在家里帮着准备过年。等新年来了一定要找到堂岛讨个公道。二人都憋着这口气。

终于到正月了，加奈江等着明子来找她。可一直到初三晚上明子也没来。加奈江才反应过来，苦笑着想：这是自己的事情，也该自己主动去找明子才是。之前二人在银座找人时都没穿和服，只穿着上班时的灰色套装，外面罩着件深蓝色大衣。加奈江之前只去过明子家两三次，如今过年了，她认真化了妆，找出从女子学校毕业两年来都没穿过的和服，还系上金色织锦缎腰带。久不穿和服都不太习惯了，再加上过年期间的放松和对即将来临的新冒险的期待，加奈江感觉既激动又颇有些喘不过气来。她穿上大衣走出了家门。

虽是一月，外面却格外暖和。加奈江来到位于青山的明子家，明子也急忙穿上和服打扮一番，跟她一起乘上了去银座的公交车。

“我一入正月就想来找你了。而且，现在还是松内[1]，银座的酒吧都关着门呢，也不会有人去喝酒。”

1 指日本风俗中为庆祝新年家家户户门口装饰松树的这段时期，装饰的松树被称为“门松”，一般在初七晚上撤掉。

明子解释道。

“我也是呢。大正月就让你出来跟我干这事，总觉得不太好。但是，既然是正月，只是去银座散散步也好，而且咱们都穿了和服。今天就好好逛逛，去‘末广’或者‘奥林匹克’吃个厚切牛排也不错。”加奈江现在的想法又跟出门时有些不一样了。

“好啊好啊。不过穿和服吃牛排，有点儿……”

“哈哈哈！”二人都爽快地笑了。

银座大街上有的店已经关门了，行人也不多，散步正合适。这个时间夜摊也没出，路上视野很好，都能看到对面路上的行人。加奈江二人从尾张町走来，不一会儿就到了银座七丁目的桥上。二人都有些没精神。

“现在该去哪儿？过了桥往京桥方向走就到了奥林匹克餐厅，走西边的小巷的话能到末广。当然不是为了找堂岛。”加奈江和明子商量接下来的路线。

“嗯……咱俩好像都习惯性地走西边的小巷了……”明子还没说话，二人就向西踅了。

“你看，那儿！之前就在那儿遇到一个像堂岛的人坐出租车。”明子指着远处一个地方，想起了之前的事。

忽然，二人的脸色都变得严肃起来。沿着小巷通向尾张町的方向，二人仔细地盯着左右行人，脚步也逐渐沉重。

来到资生堂所在的路口，有五个醉酒的男子勾肩搭背成一排从附近的咖啡店出来。这五人走着走着忽然转了半圈与加奈江二人擦肩而过。

“哎哎！那不是堂岛吗？右边第二个人！”明子抓住加奈江的手腕小声提醒她。

加奈江好像一个瞄准猎物的猎手，拉着明子跟在那名男子身后。

什么时候他能落单就好了，加奈江焦急地想着。她揣测着堂岛见到自己时能不能想起来之前的事。

她紧紧地盯着堂岛的背影，却发现他的头一直很奇怪地低着。二人就这么一直跟在他后面。突然，堂岛转头往后看了一眼。

“堂岛先生！你等等！我有话跟你说。”加奈江说着拽住堂岛的外套就往后扯。明子也赶忙拉住堂岛的衣服。

堂岛慌忙要扭过头去，可这两个女人死拽着就是不松手。

五人并排的队形就这样被拉拽成了V字形。

“哟，可真是了不得！堂岛你那么有女人缘啊！”其余四人好像是堂岛的同事，都散开来，满脸吃惊地看着加奈江二人。

“不，不是那样的。我先告辞了。”堂岛说着话就被加奈江拎着外套拽走了，离开同事拐到西边小巷，来到一个四下无人的小印刷厂门口。

加奈江担心他逃走，一直拼命攥着他的外套。往日的恨意涌上心头，越发地怒不可遏。

“你为什么要打我？就因为我没搭你的话就要打我？还是辞职之后打的！卑鄙！”

加奈江的泪水浸满双眼，都要看不清堂岛本人了。长期以来积攒在心中的复仇念头得到了疏解，加奈江在泪眼婆娑中，又回想起被打以后痛苦的每一天。

“就是！我们遇到这种没有法度的事，是不会忍气吞声的！我们跟课长说了。山岸先生也说你不可饶恕呢！你要怎么办吧？”

堂岛只是一脸不可思议地站在那里，没有搭话。明子不断摇着加奈江的肩膀，让她打回去。加奈江上学时跟同学起了口角之争都没有出手打过人，现如今让她扇人巴掌，还真做不到。

“欺人太甚！欺人太甚！”她只是重复着这句话，给自己鼓劲。

“你打了我，我要打回去！否则这事就没完！”

加奈江终于给这个男人来了一巴掌。刚打到男人脸上她就开始担心会不会给他打出鼻血，会不会下手太重了。

打人的手掌还残留着男人的油腻汗液，加奈江不禁往后退了一步。

“再打！狠狠地打！还得算上利息。”明子在一旁鼓着劲儿，但是加奈江此时已经没有再打回去的勇气了。

“喂，怎么跑到这个角落了？”刚才那四个男人跟了上来。

加奈江一个人往寄屋桥的方向跑去了。明子跑着跟上去，想起自己之前跟着加奈江找人受的苦，愤愤不平地说：“就该再狠狠打他几巴掌呢！”

"但是，我没想捞什么好处。只是不想以后后悔。打了一下我就心满意足了。真的谢谢你的帮忙！"加奈江语气郑重地说着，低下头给明子行了个礼。

明子也释然了，向加奈江道喜。

加奈江听她道喜时才恍然想起："对了，不是说了去吃牛排吗？走！庆祝一下！我来请客。"

正月初六开始上班。明子跟矶子说了报仇成功的事，矶子又传给了男员工们，大家本来就还沉浸在正月的喜悦中，听说了这事更是高兴极了，纷纷往整理室走来。

"喂，你们这是怎么了？"后来的课长看到了这乱糟糟的局面本来想不耐烦地训斥，结果一听原因也开心地笑了起来，拨开众人来到加奈江旁边鼓励她："真好！复仇成功了！"

加奈江受到了大家的称赞，但打堂岛那一瞬间心里的爽快却不复存在了。听着大家的表扬，加奈江反而觉得自己好像被骂不像个女人，心里生起一股厌恶之情。

下班回家后，加奈江无所事事地度过了一晚。她再也没有去银座的动力了。当然，明子也不来找她了。外面异常暖和，雪已经停了，开始淅淅沥沥地下起了雨。

加奈江坐在屋里，看着面前庭院的雨中山茶，不由得想着那些大仇得报的人们是怎样度过后半生的。将自己与他们对比，加奈江更觉得自己像个傻子。

正月十日，公司收到一封寄给加奈江的信。加奈江收了信，只见封面写着“来自一个男人”。这让她感到很奇怪，拆来一看，竟然是堂岛的来信——

这封信就算是对之前那件事的回答吧。我知道自己要说的话很奇怪，但是我明白自己要说什么。我之前在拓殖公司没有前途，才跳到现在这个公司。这个公司是专门做军需品的。但是我离职的时候还有一事不明，那就是我对你的感情。我知道一旦辞职就再也见不到你了，所以我希望能在辞职之前跟你表白我的心意，获得你的同情。但是对你的感情，我无论如何都做不到宣之于口。直到我要拿年终奖交辞职信那天，我终于要对你说了。可我又担心被你拒绝。万一被你拒绝了，我只能离开，然后被你忘记。于是我就想，要不跟你打一架吧。心怀着恨意，你就忘不了我了。只有这种极端的方法才能够扭转我的感情。所以那天，我才迷迷糊糊地打了你。但是，打女人，而且是打自己的心上人的这种行为，让我无法原谅自己。我特别痛苦，想尽快给你写信忏悔，但又觉得这只是对自己的救赎，未免太利己了，于是就停笔了。

前几天在银座，你打了我，是不是心情舒畅了一些？我本来想当场给你道歉，但是有同行的人打扰，就没能开口，于是我还是选择以书信的方式向你道歉。请你原谅我。

堂岛洁

加奈江从来不知道一个男人的感情竟如此凶猛，她感受到堂岛炙热的感情侵袭着他的身体。想到自己的手和堂岛的手都曾忘我地紧贴着对方，加奈江觉得就这样分别有些可惜。

再见一次面，开诚布公地谈谈吧。加奈江没有把堂岛的信给明子她们看。回家后，加奈江一个人披着夜色去银座了。第二天晚上，第三天晚上……加奈江一个人徘徊游走在十点之后的银座大街和旁边的小巷里，但再也不见堂岛的身影。

路上风吹起来了，是正月该有的凛冽的寒风。

混沌未分

渾沌未分

小初站在了跳台顶上。她把手臂抵在额头上遮挡阳光，观察着天空中云层的变化。这个姿势形成了一个不太稳定的方形：举起的手臂右上侧被太阳晒成了小麦色，内侧直到腋下则柔软洁白，这界线分明的感觉就如同鱼身与鱼肚那样。虽然已经熟稔都市的土地，但她的身体中却流淌着游泳世家才会拥有的凌厉精妙的威势与出色的柔韧性。小巧的嘴唇微鼓，似要绽放，美如仙女。抬起的手臂在脸的上半部投下阴影，眼角微垂的大眼睛露出野兽般凛冽的光。

小初用右手指尖遮挡额头，左手扶在腰部维持平衡，这样的男性姿势是她从需要时刻留意天气的职业人那里学到的。她中等身材，肌肉紧实，这位女教练的薄泳衣下腹肌不算发达，但腰臀饱满，充满了母性的威严与旺盛的斗志。

蓝天就像罩着玻璃培养皿的盖子一样，把热气笼入其中。附近一带的芦苇荡微微晃动着，示意着稍纵即逝的风。这酷暑的天气真是让人郁闷。荒川的泄洪渠从北向东南延伸，开始分成两路，到了葛西川桥下就汇聚成了一支，气势汹汹地汇入大海。

“这么热的天气真是让人搞不懂。”小初小声嘟囔。五天后会举行越野游泳比赛，她很担心那天的天气。

小初看向西方，都市中心街道的砖瓦房顶扑面而来，如同升腾起的缓慢火焰。附近的楼宇主要集中在三条大街的沿线，一条是砂町一丁目商业街，一条是上大岛町瓦斯罐堆得像城堡一样的清砂大街，还有就是八幡街。三条街沿着三个方向不规则地延伸出去，附近街道的屋顶瓦片交叠，乍看有种迎面跃动而来的感觉。此外，还有多到令人厌倦的高楼和工厂。充满着灼热尘埃的天空中，几百支烟囱正吐出浓烟。

小初将扶在腰上的左手举过头顶、双手交叉严实地遮挡阳光，双目紧盯着夏日傍晚从大地上蒸腾而起的热气，深深地叹了口气。

父亲敬藏从祖父那里继承的游泳场原本在隅田川岸边，由于城市新文化的发展而不断拆迁，先后搬到了竖川和小名木川边，最后又搬到了东京城市边缘的横堀，安置在砂村这一片木材场中。虽然到处还残留着战争留下的痕迹，但随着东京建设脚步的推进，这里已经被规划成城东区砂町，要建得和城中心差不多漂亮了。

这一点倒是很能满足父亲的虚荣心，他一直提起："我们青海流是城里人才喜欢的游泳流派，绝不会流落到乡下。"父亲十分害怕搬去泄洪渠对面的江户川区，虽然那里也划入东京了，可是作为老东京人的父亲，却无论如何也无法接受葛西地区竟然也成了新市区。于是，父亲将荒川泄洪渠作为最后的底线，决心死守青海流游泳的最后一片道场。

如此一来，只在夏天营业的游泳池虽然一直在迁址，但在今年之前，两人还是住在日本桥的小网町。父亲除了夏天以外，平时的职业是设计织物的包装纸。除了日文和汉文，父亲还学了点英语，因此可以写清订单和地址，直接寄到英国的纺织品公司索取商品名录。他还模仿其中的包装图案，加上自己的创意，让画工画好后给印刷厂印刷，再卖给批发商。有时也会做一段时间广告文案或是散发传单的零活。但是，本地的纺织品公司也在进步，画工也进步了。到现在，作为联络的中间商和父亲这样靠点子吃饭的人就失去了用武之地。父亲设在家旁的工作室逐年冷清起来，慢慢维系不下去了。虽然后来也尝试了其他的生意，但最后都血本无归，连祖上传下的积蓄、房子、家具也赔光了。所以这个夏天，父女二人说是要看场子，就住在了游泳池里面。

在城市化的洪流中陆续失去了游泳场和住所，看着如灰色火焰般的屋顶瓦片，小初的畏惧深入了心髓。但是盯了一会儿后，一度悲切于家业衰落的小初，却不可思议地对这威势涌起了歆羡。说一千道一万，到了最后，能把自己拯救出来的不还是这东西吗？在城市化的裹挟下，这份战战兢兢的依恋感让小初抱紧了自己的身体。

在这份依恋感的作用下，小初想起与去年夏天开始交往的薰平日里小鸟般的嬉闹，竟产生了一丝羞耻感。薰住在游泳池附近，父亲是收入微薄的公司职员。与此相反，她对于一直缠着自己的木材厂老板贝原的看法却改观了。贝原五十多岁，因为对小初有意所以免费让父女二人在他的木材堆放地安置了游泳场，还帮忙介绍学员，划船看场。看来只要是自己需要的，不管怎么样都会变得喜欢吧。小初也对自己的这种功利心感到懊丧。

总之，对于来势汹汹的城市化这一仇敌，小初非但没有产生丝毫复仇的心理，反而在战栗中为它的强大而着迷。难道说，自己是个认知错乱的女孩吗？但是不管怎么说，父亲和自己的灵魂安置处就在这里——大都市——东京的中心。这件事毋庸置疑，也无可非议。

“小初老师，时间到了。可以示范一下翠鸟入水式吗？”木材店老板贝原划着船到了跳台下方，船上载着十个浑身是水的孩子，朝她喊着。他的飞驒[1]口音已经不太明显，逐渐能说出标准的东京话。

“先来做个示范，然后让他们练习吧。”

贝原俨然一副游泳池助手的样子。他穿着和小初同样带着蛎鹬花纹的泳衣，像个典型的暴发户那样身材臃肿。

小初比平时更快地回答道：

1　日本岐阜县下辖城市，位于日本本州岛西部高山地区。

"马上哦。稍等一下。"

但是，像是要舒缓一下一直以来的窒息感，小初又一次看向了泄洪渠。

顺着波光粼粼的泄洪渠向上游望去，分开中川和荒川的堤坝两端，是塔桥型的大水闸。船只们在附近扬帆，仿佛竞赛一般穿梭。

小初的声音勇敢了一些。

"不会错的。今天傍晚会下阵雨，明天开始的四五天都是好天气。"

"是啊，就是这样的。越野游泳比赛肯定会顺利的。"贝原打着帮腔。他伸出手掌感受着风向。

小初脱下青海流阵羽织[1]式样的泳衣——它被绳子松松地系在肩上和腋下，几乎快被风吹散了——里面的黑色泳衣露了出来，包裹着的身体很有力量感。从跳水的动作开始，她的身姿就成了一个极尽工巧才能雕成的完美的象牙雕塑，在鲜活的身体里，却拥有死骸般的虚静的美感。

小初立在跳板前端，双手伸到与肩同高的位置，

1　由绢等材料纺织出来的无袖和服。

挺起胸膛计算呼吸。夕阳从她左手指尖缓缓落下，空荡浑圆，像一只肉桃色的餐盘，在这片光景中，白天灼热的尘埃终于被风吹散。晚风吹过的芦苇丛簌簌作响，被风压倒的芦苇在水面溅起水沫，不一会儿便退潮了，方才的浮沫粘连在芦苇丛根部，浮在水面上。

根据青海流的跳法，“翠鸟式”的第一步是听到口令后在跳板前端直立，调整好姿势，将双臂举到身前，二是两手后摆，呈俯冲姿势，三是起跳。总共三步，小初默默摆好“一”的动作，突然想起什么，中途又发出“二”的口令，摆出了起跳的姿势，敏捷而潇洒如翠鸟，立在船帮瞄准水中的鱼影。

这时，从小初那仿佛是雕刻出的身躯上微微透出一股妖艳的气场，朦胧如一圈月晕，在四周的微风中，勾画出一个不尽自然却又栩栩如生的迷人形象。与此同时，她大喝一声：“三！”借助一股不可思议的支撑力在空中轻巧转体，转眼把双脚向后蜷曲，双手伸出，躯体始终保持柔软，几乎悄无声息地投入水中。

贝原目不转睛地注视着小初的一举一动，不由自主地感叹道：“太美了！”随后继续热切地望向渐渐昏暗的水面。

出于一心想要回到城市的愿望，小初羞于提起与薰的那段初恋，转而将希望寄托于这个五十来岁的男人，或许是中意于他的处事阅历。她所展示的这一跳，也未尝不是一个打网，试图将贝原的心收入网中。由于从小就接触到新式舞蹈，并且与歌舞团的姑娘们有着密切的联系，小初很清楚如何将卖弄风情转化为青春娇媚，并悄悄地将其融入古典的青海派跳水表演中。

当小初纵身入水后，水温正好，她感到全身都被那沉重却自由、柔软且绵密的液体所爱抚。这时的小初可以忘记一切，她开始享受“海豚的快乐”。一天，小初与她学生时代以来唯一的密友、女文学家丰村女士交谈，小初向她讲述了水底世界的乐趣。随后，丰村向她介绍了一种文学表达，来准确形容这种感受：

> 柔软如海绵包裹，细腻似羽绒环绕。在水中，饱含着自由，令人融化的，跳起来，撞不破，即使指甲碎裂也要抓住的——那是爱，那是

海豚把眼睛眯成一条缝，一生也不上岸的原因。

这是一篇希腊仿古诗歌的翻译。父亲则是从老庄的思想中找到了类似的意思，总对小初说，这是一种“混沌未分的境界”。当小初感到眼部的水压减轻一些时，她睁开了眼睛。父亲敬藏在女儿小时候就打算把她培养成一个游泳神童，对小初的训练非常严格。他将鹅卵石浸入大水桶底部，让年幼的小初衔出来，或者背着小初沉入隅田川的深水中，再将小初放开，让她自己浮起来。为了消除小初对水的恐惧，父亲做了许多努力，严格的训练使她更亲近、信赖水。水中并不十分昏暗，那里既不欢快也不阴沉，像是隔了一层厚厚的磨砂玻璃。

那是一个不被定义的真实世界；那是一个要么是永恒的黄昏，要么是永恒的黎明的世界；那是一个当陆地的生命消亡，现实逐渐融入幻觉的世界。正如所有的颜色和形状进入水中都会发生变化一样，人类的道德在这里无从传播，更无法坚守。沉入水底的是一个善与恶相交融的世界。

小初的要强、悲哀和执着，这些都来自过去的生活，它们在水中被抽走了，取而代之的是像鱼贝那样对自由的朴素追求。小初在水中扭动着柔韧的身体，享受着这份绵软。小初从跳台下的深水区向浅滩的泥底游去，岸上的土堤碎裂下滑，形成不规则的斜坡，在水底投下朦胧的阴影。

这一带有很多老根的藻类和芦苇，使这里看起来像一片茂密的树林。厚实的老木桩，远远望去依稀像古代的石柱。一个青白色的身影正抓住其中一根木桩划水，那是薰。

薰的体格比小初大得多，他的下巴和脸颊打理得很亮堂，生得一张轮廓分明的英俊面孔。小初冷不防地抓住薰的肩颈，把她微微发紫的嘴唇贴了上去。薰默默任她吸吮，温顺地游着，双脚上下拍打着水，但因他不能像小初那般在水下长时间憋气，脸上很快就出现痛苦的迹象。接着他好像要溺水了似的，开始胡乱挥动手脚。小初很熟悉如何救助一个快要溺水的人，她一边将薰的手拨开以防止他被缠住，一边还继续与他相吻。

父亲敬藏去找房子回来后，父女俩在雨后的游泳场吃了晚饭。半个月后游泳场的租期就要到了，必须尽快找到下一套房子，但是由于还需要考察价格，敬藏始终没有定下新的住处。也许是因为对下町中央区域还有些执念，他每天都在那一带奔波寻找。敬藏那张打理精致的脸上开始蓄起了稀疏的胡须，写着在城市中奔波所带来的兴奋，也明显表现出来因此产生的疲惫，两者的占比已经失衡。也许他是在某个地方喝了最喜欢的西洋酒，醉意还未消散呢——谁也说不清楚。这对被城市生活熏陶的父女对吃的都十分讲究，晚餐一般是从伊势丹或洲崎边界上的餐馆订购的。

骑自行车来送餐的小伙子起初还因为路途遥远而怨声载道，但也许是因为小初的美貌和敬藏给的小费，这几天他每次来，都要展示一个新花样，比如一边在房间角落里生火热汤，一边摆好碗筷方才离开。

“与其吃糟糕的饭菜，还不如饿死的好。”这是敬藏以前对饭菜不满时常说的话。然而，当现实变得刻薄而悲惨后，这样的话可能也很难再说出口了吧。父女以一种享用“最后的晚餐”的虔诚心情，默默地用完了这一餐。

父女二人向来少言寡语。敬藏很少直接表现自己的情感，老东京人都不爱将自己的心情宣之于口，以至于最终都丧失了率直表达自己感情的欲望。真想说什么时，敬藏会用反话的方式来拐弯抹角地表达自己的感受——“这附近连个拾荒的家伙都没有，倒也是很清净。”

也许这就是家道中落时，这位父亲唯一能向女儿表现出的体贴和歉意。小初虽然也能明白父亲的不易，可是内心也许还未能完全接受现状，这也让两人越发疏远。

今晚也是如此，敬藏又从晦涩难懂的古代中国汉文典籍中找出一段有关“渊”的例子，试图用来掩饰他对女儿的感情：“鲵旋之潘为渊，止水之潘为渊，流水之潘为渊，滥水之潘为渊，沃水之潘为渊，氿水之潘为渊……是为九渊焉。”

敬藏介绍了九种渊的分类，而后总结道：“这就是九渊说。水是在不断变化的，但能够包容它所有变化的渊只有一个。当你真正做到‘居善地，心善渊’，就能以宽容之心应对世间万物的变化。在我们青海流中，这就是所谓‘只有尸体才能漂浮起来’的蛙泳的核心要义。”

“这就是父亲你常说的那个‘混沌未分’的兄弟吗？”小初一边用牙签剔着牙，一边奚落着父亲。

喜欢取笑别人，而讨厌被别人取笑，这是城里人的通病，正因为奚落自己的人是亲生女儿，所以敬藏更加来气。他沉默了一会儿，但费尽心思也想不出什么有力的句子来反驳，只好低声回应道：“这不是什么兄弟关系，本质上就是一样的。”敬藏很少如此认真地和女儿讲话。

可能是有些词穷，敬藏说完悄悄擦了把汗，看起来一下子就衰老了些。他拉了一下灯绳，往游泳场去了，但看起来又有些无所适从。接着，他自言自语道：“看起来今晚天气不错，要不要去钓个鱼呢？”

说着他就带上钓具划船出去了。小初带着一种怜悯之情目送父亲远去，心里有些五味杂陈。由于是一人在家，小初谨慎地锁上大门，关了灯，钻进蚊帐，并在枕头旁边放了一把装了薄荷水的水枪，用来应对可能发生的危险。小初躺下来，使自己全身放松，却闻到一阵阵薄荷的味道。刺鼻的薄荷味沁入小初的眼鼻，她静静地哭了起来。细细想来，她和父亲也是一对惹人怜悯的父女，一个在焦躁不安中日渐衰老，一个不得已放弃初恋，只能转而去接受一个五十多岁的老男人……黑暗中，小初一边在回忆中审视自己的功利心，一边又在回想白天在水中和薰肌肤相亲的触感。

过了一会儿，小初起身打开后面的窗户，看看父亲的情况。雨后的一夜，天地都融进了墨黑之中，透着一股甘冽的凉意，退潮后略显前突的跳台周围有来回游动的鲻鱼的幼鱼，它们的背影不时在星光中闪烁。敬藏正在不远处的芦苇丛中，点着煤油灯钓鱼。他把芦苇丛中的环虫像念珠一样穿起来做鱼饵，垂进水中钓鱼。生活在芦苇根部的小鳗鱼一旦上钩，就会死死咬住舍不得松开，敬藏只需要轻轻提起鱼竿，把它们拉到接近水面的位置，再用手迅速捞起。环虫类在虫子当中是丑陋的衰亡者，鳗鱼也只能说是被时代文化所抛弃的鱼类了。走投无路的人用最不起眼的虫来钓走趋向衰亡的鱼——在那渔灯下上演的，是多么可怜的悲剧。从前，像这样钓鳗鱼对敬藏来说不过是一种消遣，现在却变成了必不可少的副业。

“昨晚钓得多了点儿，收拾不过来了。”父亲故作持重地说着，将捕获的鳗鱼递给水产批发商。小初为自己感到悲哀，因为她一边同情父亲，一边却不得不在心里计算父亲今晚的收获。

西方的天空被灯火照亮，城市的夜生活在那边跃动、变幻和辉煌闪耀。随处可见的霓虹灯招牌，仿佛在将人们引向热闹的深处，五彩斑斓地勾勒出了更加强烈的光影轮廓。夜空中还不时掠过几道闪光，它们像是从地底生发出来一样光怪陆离，刹那间使城市在地狱场景和极乐画面之间来回切换——那是附近城东电车线上电桩与电线摩擦产生的火花。小初望着这份与自己无关的欢乐，内心巴不得它们在一瞬间化为乌有。

就在这时，小初听到有汽车驶来的声音，似乎是停在了门前的小路上。从游泳场传来男人的脚步声，听起来有些拖沓。“是谁？”

贝原在昏暗中停下脚步，看上去有些慌乱。“是我，稍微有点儿晚了，想请你一起出去跳个舞。”

“你怎么没从后面的楼梯上来？”

“我可不想被薄荷水枪射中眼睛。”

小初打开灯，简单收拾准备出门。她从柜子里拿出和服，走到洛可可式的半身镜前照了照——这面镜子做工考究，边框做了雕刻，它是唯一从日本桥旧居保留下来的家具，用绳子绑在一根粗糙的罗汉松木柱上。对着这面镜子化妆，小初不免感觉有些凄凉。小初意识到贝原还在等她，但无意中她又想起了薰。当然这思念也许只停留于肉体上。至少小初不得不这样说服自己。这个时候不可以泄气。一定要像在水中一样，直面眼前的一切，将它们化作养分，变成自己成长的动力。

小初想着，沉下心来。她将灯泡拉过来照亮自己化好妆的脸，向一直从窗帘缝隙中窥望的贝原发问："好看吗？"

"挺好啊。走吧，已经征得老先生同意了。"

小初关上灯，回头望了一眼芦苇丛中的灯光，转身和贝原一起离开了游泳场。

贝原夏天接连邀请小初出去跳了七八次舞，多少了解到了小初对食物的喜好。穿过夜色下优雅的清洲桥，他们在人形町[1]醉人的灯火中吃了清甜的冰镇糯

1 位于东京都中央区日本桥。

米团子。在东京最东边的小型舞场，贝原与小初一起轻舞。

在这一带的舞场中，许多商店的学徒也来跳舞。一来二去也认识了些面孔，有时小初想给他们做舞伴，他们会一边说着“哎呀，那多不好意思啊”，一边接受，像对待客人一样搓着手道谢。

小初觉得他们这个样子还挺可爱，所以虽然要忍受他们木屑气味的汗水，还是会和他们跳舞。

有时他们甚至会去银座。去银座的话，一般是去风月堂或是摩纳米这样的高级餐厅。他们找到好位置坐下，小初就大口吃起肉来，食量很是惊人。贝原似乎并不意外，他可能觉得小初就是这种性格的姑娘，仍旧带她去了许多地方。

月亮升到日本桥大道的高楼大厦顶上时，贝原带着小初来到了新川河畔一家面朝护城河的餐厅，这边平时是不怎么来的。

“要叫舞妓来吗？”小初明知道这是家正经餐厅，却还是装傻问贝原。

贝原镇定地回答：“我可不会带年轻姑娘到那种地方去。”

“但是现在时间挺晚了，还来店里，没关系吗？”

“没关系的，这家店和我有些资金往来，可以随意点儿。”

五六盘清爽的菜肴上桌了。小初有些饿了，毫不客气地先举起筷子，贝原则是先慢慢地喝了一小瓶啤酒，随后开始有一茬没一茬地和小初聊着她的父亲。

“说起你家的这位老先生，兜兜转转还真是不太靠得住。想要成一番事业，一方面不能贸然行事，另一方面又得看准时机一鼓作气。这算是一个做生意的诀窍。可老先生走了这两个极端，又容易冒失，又生得固执，太缺乏中庸之道。这就好比他的渔网中间破了个洞，怎么捞得到鱼呢？”贝原谈到敬藏时虽然也不反感，但语气里却是毫无兴趣。

“这些我不太搞得懂。不过，你最近可是在经济上给我父亲帮过忙？”

“那倒没有，我不会再借给他一分钱的，我知道借给他就没法指望还了。而且老先生自己应该也还记得，之前我为他做了一回担保，给我添了多大的麻烦，所以现在他即使有什么麻烦也不再来找我了。”贝原是做木匠工作的，他为了不让手腕上的汗水浸湿他的袖口，把袖子卷得紧紧的，一边吹着风扇，一边嚼着作为下酒菜的豆子。

用完餐，小初环顾了一圈店面，这家餐厅布置得特别讲究，店里使用的都是东京餐厅特有的座席。小初突然想到些什么，问贝原："你把灯红酒绿当作爱好了吧？"

"年轻的时候是这样，但结婚之后就全戒了，现在是个正经人。"

"有很多钱有趣吗？"

"怎么说呢，当你开始思考怎么把钱花在有意思的地方，就没那么有趣了。"

"这样啊。"

正餐已经结束了，小初吃完餐后的哈密瓜，又用小勺舀起瓜皮上的汁水来。两人的眼神忽然对上了。

"今晚上你是有什么话要讲，对吧？"小初的提问仿佛是出于义务一样，她问得十分僵硬，脸都快绷起来，这样的气势也让贝原坐正了身子。

贝原平静地讲道："我和你年龄相差不少，所以接下来我要说的，希望你也能认真听听。我已经和我太太商量过了，我们想要一个素质好的孩子。我们家已经有一个孩子了，但是坦白说，他不行。做我们这一行的看人很准，我很清楚他素质不够。血统这东西是没法强求的，祖先优秀的血统，总会在后代的身上体现出来。”

“这事儿已经和我太太商量好了。”贝原像是在商业谈判似的重复这句话，“小初老师，这个世界上，就算是非常出色的知识家庭出身的高雅女性，在经济上有需要的时候，可能也会选择受人照顾。我跟你的事可不仅打算玩玩而已，我希望你能将你的血脉融入我们贝原家族的谱系当中，让我们的血统能够有新的延续。”

贝原扁平的脸上，两颚微微突出，俨然一副生意场上狡猾商人的模样。但很快又变得有些暧昧不清，接着变成了单纯的怯懦，笨拙地扭头看向别处。小初并不在意贝原的举动，倒是认真考虑起贝原说的话来——如果他要的是自己的妩媚，那就给他。如果他要的是自己的身体，那也给他便是。如果他要的是灵魂——假设真有灵魂存在的话，那也可以给他。如果这意味着她可以回到城市中心，她愿意做出牺牲，放弃一切。可是方才这个老男人一番可笑之言又算是什么呢？

“贝原先生，您可别说是想要个孩子，直接说想要我不好吗？”

“啊，是这样。可那么说也未免有些太失礼了。”贝原终于肯直视小初的脸，小初也看着他，用有些伤感的声音说：“所以想要个孩子什么的不过是一个借口，满嘴都是漂亮的谎言是吗？现在这世道可不兴讲什么失礼或是羞耻了。东京人就是因为在意这些，才越来越没出息，被乡下人赶得无处可去。我可是拼了命也想要回到城市去的。”小初眼里满是坚决，继续说道，“所以说，什么样的交易我都是愿意做的。”几滴泪水从小初的眼角滑落下来，贝原一时间有些手足无措。

小初擦干眼泪，用柔和的语气对贝原说：“不过贝原先生，一切都等到越野游泳比赛之后再说吧，好吗？你想说的我都明白了。”

接下来几天都是晴天。上游似乎下过大雨，泄洪渠的河面都变成了红土色，水位也上涨许多。中川泄洪渠上的塔门式水闸已经关闭。不论是游泳场所在的木材堆放地旁的小沟还是芦苇荡那边，水位都有所上升。

贝原还是和往常一样到游泳场帮忙。他忙着采取措施防止自己的木材被洪水冲走，或是把跳台的碇用石头绑紧。他时刻都在关注小初的一举一动，尽管表面上是一副什么都不在意的样子。

第四天，薰来了。小初带着薰离开游泳场，跑到了远处芦苇荡中的一个小山包上。两人穿着泳装，躺在地上晒日光浴。

小初责备薰道："为什么总是等着我主动来找你？你到底是太狡猾，还是太懦弱？"小初的话十分严肃，手上却开玩笑似的把沙子撒到薰健美的背沟里。

"好吧，我今天其实挺难受的。"薰想用手肘把沙子撣掉，小初抢先伸出手把他背沟上的沙子抹平。

"我倒是一点儿看不出来你难受。前几天在水里被你……现在都还肿着呢。"说着小初小心翼翼地把有些发黑的嘴角转向薰。

"哎呀，你为这个生气了？"

"不是，是你太厉害了，我才不好说什么呢！"

小初趴在地上，身体被火辣的阳光和灼热的地面夹在其间，产生了一种难以言喻的苦痛，小初沉醉其中。“哐当哐当，哐当哐当”，小初一边说着，一边把下巴搭在交叠的手臂上，一副昏昏欲睡的样子。

“你说什么呢？”

“机械传送带的声音。”远处有一间贝原的木板厂，和游泳场、小山包正好构成一个三角形。可以看到厂里机器没在工作。“吱——嘎吱嘎吱——这是电锯锯木板的声音。”

“你在跟我开玩笑吗，我是有正经事儿来找你的。我都知道了。”薰说。

“你知道什么了？”

“是不是你要被贝原买走了？”

“谁？被买去哪儿？”

“大家都知道了。”

“谁告诉你的？”

“谁都没告诉我。但发生这种事儿，我肯定是知道的。”薰抬起手擦了擦眼泪，他的手臂比女孩子还要优雅纤细。小初把头靠在薰的后背，握住薰的手。薰的背上，一颗颗豆大的汗珠就像金子似的闪闪发光。

或许是心生怜爱，薰的声音让小初回想起来，面前这个男孩是以前她决定托付一生的人，他看起来是那么可靠、值得信赖。小初高兴得落下泪来。“你同意了？”

“没什么同意不同意的。”

“薰，跟我一起走吧。我们去东京大大方方地谈一场恋爱，好吗？”小初的眼泪顺着薰的手背滴落下来，浸入他指间滚烫的沙子里。薰看着手背上的泪珠，有些神情恍惚，突然粗声粗气地低声说：“嗯，贝原先生是个好人，即使知道我们的事儿，应该也会愿意照顾你的。不过我不会去的，就算我只是个初中毕业的毛头小子，我也不会这么没骨气。”

“那你告诉我，我该怎么办？”

“我不知道。反正我下个月开始就要接替我家老爷子去郊区的搪瓷厂当文书了，而你呢，就要去东京城中心过好日子了，这都是没办法的事儿。”最终薰还是向小初坦白了——贝原和薰的父亲是好友，昨晚贝原去薰家，告诉了薰的父亲之前舞会后在餐馆提起的要纳小初为妾的事。炎炎烈日下，薰的软弱和听天由命使他的脸色苍白一片。

“又不是已经敲定了……”小初嘟哝着，把尾音拖得很长，像是在讲别人的事情。小初本来一直在琢磨如何向薰提起她和贝原的事。对于贝原的承诺，她拿不定主意，因此一直苦恼，听薰这么一说，小初的心反而平静了下来，她突然感到一切都无所谓了，那是一种近似于虚无的超然物外。父亲跟她讲过的九渊、友人为她翻译的希腊诗歌——水中那混沌未分的世界……一切都化为一片空静清凉。

“那就无所谓了吧。”小初想象着将一切都抛在脑后的洒脱与清爽。小初的泪痕渐干，远处的芦苇丛在风中沙沙作响，她又感到一阵睡意袭来。薰站起身，一些沙粒从他腰间的泳衣褶子里面滑落出来，隐约勾画出了健美少年的身体轮廓，他迈步离开了。小初愣愣地凝视着薰远去的背影，仿佛那是一个白昼的奇迹。小初感到有一阵突如其来的悲哀席卷全身，像是一直保护自己的外壳被活生生剥离，带往一个永远不会回来的世界，她疼得喘不过气来。小初慌忙站起身，追上薰，双手缠住他的胳膊。

“薰，越野游泳比赛可一定要来啊，我们都好好游，如果真的要分手，那就当作是我们的告别。”

“嗯。”

“一定！说好了哟！”

“好。”

风停了，小初在原地坐着，目送薰拖着沉重的脚步缓缓离开，直到消失在寂静的芦苇丛中。

小初睡不着，骤然降低的气压令人窒息，闷热的天气使小初辗转反侧。除此之外，让小初难以入眠的，还有心底无尽的悲伤。

身旁带着酒气的父亲已经睡下，父亲的鼾声让她心烦意乱，像是卡在喉咙里，总不能痛快打出来。父亲的哮喘以前已经痊愈了，可最近又有些复发的苗头。由于近来的天气变化，尤其是像今晚这样的天气，他会特别难受。明天可能没法参加越野游泳比赛了……不过，小初并不在乎这些，她只是在思考越野游泳比赛结束之后如何回答贝原，以及如何将自己和贝原的事情告诉父亲。虽然不得不和薰分开的痛苦还挥之不去，但是她越想到父亲，就越觉得也不得不考虑父亲的感受……小初感到心力交瘁，她不知道自己能否独自承受这一切。

敬藏一直把女儿看作是贞洁童女，这是出于一种想要建立自家偶像崇拜的旧式家庭大家长的本能，这样的父亲听到贝原的话会作何反应？认为自己的女儿是游泳方面的绝世之才，这是敬藏一直以来的理想和追求。为此，小初的母亲去世后，敬藏没有再娶。父亲暗地里将贝原看作是乡下人，这个贝原居然要求小初去做侧室，而且小初还已经和薰有了肉体关系。要是这一切让父亲知道了，那他最后的一丝骄傲和希望也会就此落空吧。

“这不是能随口一提的事情……但城里人往往意志不坚定，一旦有什么很快就会翻脸，变成胆大妄为的假恶棍。”小初心想，这样的例子当初在下町可并不少见，想必贝原也是看准了这一点，才觉得父亲不足为虑吧。虽然父亲也不见得是这样，但也许自己的内心希望他就是如此吧——不管怎么说，除此之外，两人已经没有别的出路了。

水蚊子在蚊帐外的地板上嗡嗡作响，田鼠顺着柱子爬上屋顶，小初追着，不时用团扇柄敲打地板。睡得正迷糊的父亲听到声音“唉”了一声，紧接着又翻身睡去——多么可悲的父亲，多么可悲的女儿。小初把父亲蹬掉的被单重新给他盖好。

黑暗中，小初睁着眼睛，不知不觉地开始用双手抚摸自己的身体。她想，自己对于爱好其实挺专一的，比如小时候不爱吃甜食，只爱吃咸米饼。身体上也是如此，除了唯一的那一个，不会再接受别人。虽然小初不认为自己是全心全意爱着薰，但是为何要和薰的身体分开会让自己如此痛苦呢？比起一事无成的薰，历经世间磨难的贝原会更值得信赖，可自己的身体却是这般的抵触，这是小初时至今日才终于弄清楚的。小初对自己的身体真是喜欢不起来——一方面想要回到心心念念的城市过上好日子，另一方面却又十分抵触贝原。小初开始厌恶自己这矛盾和任性交织的身体，它让自己陷入无尽的烦恼中。

“这样的身体，这样的自己，干脆让一切都消失掉好了……”小初像个孩子似的，使劲拧着身上的某个地方，眼中流下了不知是疼痛、羞耻，抑或是悔恨的泪水。她使劲拧着、拧着……不知不觉思绪渐渐放下，沉入黑暗的深渊里，小初睡着了。

第二天，小初醒得很早，天空是混浊的黄色，气压比昨晚还要低，更闷热了。只盖了一床薄被，身体有些凉。

“今年秋天这么早就到了吗？”小初看着窗外自言自语道。

今天有雾。水面上的雾气越来越重，附近的芦苇丛被沉重的露水压得东倒西歪。

今天是青海流游泳场越野游泳比赛的日子。小初有些闷闷不乐，身体也很疲惫。但是敬藏早餐之后犯头晕，下不了水，所以只能由小初来做先导。

十点左右，稀稀拉拉下起了小雨。小初一脸漠然地等待着逐渐聚集的学生们，身为助手的贝原一脸平静地准备了瞭望船，小初看见贝原，心里莫名地气恼，于是故作快活地对学生们喊：“没事儿的，大家别担心，很快就会放晴了。”

小初挥舞着一面小红旗在前面带路，虽然因为下雨来的学生没有平时多，但是大家显得比平时更有活力，更热闹。

途中，薰也来了，加入了队伍。参加比赛的人们沿着湿漉漉的小路走到葛西川的河岸上。在那里，他们将进入泄洪渠，在船只的保护下往大海的方向前进。

小初带头跳入水中。男女生分两路紧跟其后。每一路都有一位游泳老手拿着一面小旗在前方领路。

水已经没有那么混浊了，但仍有一些草叶和木材的碎片带着泡沫漂在表面。由于选择了大潮的日子，潮水的力量正将这一群游泳者推向海面。

透过雾气能看到的河岸是唯一的路标。紧跟在小初身后游的是拿着小旗的贝原，薰时不时从小初两侧探出头来，安静地游着。今天能顺利游完全程，并且一次都没上船休息的学员，将会晋升一个等级。所以他们都喊着嘹亮的口号，“一！二！一二！”争先恐后地游着。

一群浮在前方水面上的白鸟拍打着翅膀飞了起来，贝原看见队伍中有学员正在用拔手[1]的泳姿前进，他大喊道：“别游拔手泳，很快会累的！”

游过河口西侧的芦苇丛，那边透过雾气隐约可见市里的污水处理厂。游到这儿，潮水已经基本退去，高个儿的孩子伸伸脚已经可以踩到河底了。

1 日本传统的游泳法，划水的手臂由后向前移动时要抬出水面。

小初转身说："好了，现在开始大家用拔手的姿势游。"

一行人从扇形的河口进入了更宽广的水域，小初越游越远，越来越兴奋，她感觉自己好像游到了一个无限的空间，甚至已经不知道自己是在前进还是在后退。起初，薰不时出现在小初身旁，她内心还会忍不住激动雀跃。然而，当这种感觉和贝原的呼唤交织在一起时，她却感到越来越厌恶。这种近似于反感的亢奋渐渐让小初身心俱疲，以至于连欣赏薰的肉体也变成了一种负担，贝原的叫喊则更是令人心烦。小初用尽全力向前游去，身后的学生们也早已不放在心上，就这样游着游着，反而激发出她那不可思议的天性来。

放下那些斤斤计较的功利欲，回归赤子之心，做回那个热忱的自己！如果前方是命运，那就去突破命运的极限；如果前方是困难，那就去解决困难产生的本源，与之放手一搏！这场比赛中，千万不能带有目的，绝对不可以算计，只有放手一搏，赌上自己的一切，才有东山再起的可能！现在，必须不惜一切！现在，必须抛弃一切！

混沌未分……混沌未分……小初想要进入的世界，终究是一个混沌的世界，那里风起云涌，浊浪滔天。“我要游到……游不动为止……都别跟来！”小初这句话没有说出口，她在浪花间回头望去，默许了两个男人跟在身后。薰默默地游着，贝原则是一边游一边大喊：“傻瓜！你要游到哪儿去！你疯了吗……小初……小初老师……傻瓜！傻瓜……”

在风雨交加的大海之中，小初身后已经不见任何人的身影。恍惚间，小初流着泪，义无反顾地朝汹涌的浊浪游去。

仲夏夜之梦

夏の夜の夢

月出不久就至深夜了。黑暗稍微散去，让人朦胧地生出一种似乎回到傍晚的怀念。岁子被内心难以按捺的愉快而不安的感情所驱使，从小门走了出去。

哥哥此时还在洋房二楼的书房读书，听到岁子的脚步声，向她说道："今晚也还是要出去吗？要不还是算了吧。"透过窗玻璃，岁子看到台灯的圆形灯罩纹丝不动，看来哥哥也只是嘴上说说，并没有想起身阻拦的意思。

"嗯，也就是今晚这一次了。哥哥你不要担心，安心读书好了。"

明明是自己的行为先引起了哥哥的好奇，却回了这么多话，还多嘴说到了哥哥的学习上，岁子觉得自己有点儿说过头了。而哥哥只是平静地回复："哦，这样啊。"岁子更加过意不去了。

"哥哥，棕榈树开花了哦。叶子下面的树梢上一簇簇开了好多。冰凉凉的小颗粒掉到脸上的时候我还以为是下雨了呢，结果发现原来是碎花落下来了啊。”岁子为了让哥哥心情稍微舒畅，故作纯真地说道。

哥哥听了心里也舒服起来。“棕榈花开了啊。那你看看树下，是不是落花也像铺洒了一层粟米一样漂亮呢。”他说。

岁子蹲下来，一边看着，一边手轻拂过地面。柔软的掌心上沾上了一层薄薄的细碎花粒，如同干爽的沙子一样。这种清爽的触感中，也带着鲜花的潮湿气，别有一番情致。

她又不由得想起了“宵暗踏金屑”这句东洋哲人的优美诗句，心中生起一种隐秘而脱俗的情愫。她踏过铺洒着的花粒，拨开繁盛的凌霄花的枝叶拱门。在今晚，岁子仿佛脱离了人际间的牵绊，自己与哥哥也好，与未婚夫也好，都没什么关系了。

岁子的哥哥曾我弥一郎的专业是桥梁工程，未婚夫静间勇吉的专业则是建筑。他俩虽然专业不同，但是同一所大学的工科出身，也都长期在欧洲留过学。这两位青年才俊应当算是文化人了。他们深深知道，近代的文化人更应该要用事业或娱乐来消解理性过头所带来的寂寞和无聊，实际上他们也做到了。

回国后，弥一郎与勇吉二人的交往也更加亲密起来，他们喜欢的物品——烟斗啦，领带夹啦，桌上的插花啦——也经常会赠予对方使用，博取对方的喜欢。岁子的哥哥就这样不是很慎重地给朋友和妹妹定下了婚约。原本，两人心中就都对岁子有种不愿交托旁人的爱怜之情。哥哥觉得，自己的妹妹难得地生得坦诚，并不想托付给那些不懂得这种性格可贵之处的人。而勇吉也有足够的资格和自信，认为能够照顾好这个与自己性格相反、内敛浪漫的姑娘。此外，情感上的亲切与熟悉，也推动着他来完成守护岁子的职责的交接。

“那孩子最近怎么样啊？”

“那孩子啊，哈哈，她好像有点儿无聊呢。可能因为我最近一直守在工作室里吧。”

弥一郎和勇吉每当在外面碰面时，总会进行一番这样的问答。他俩都把岁子叫作“那孩子”，这也能看出二人在各自立场上对岁子的爱与相互之间的默契。

“那你就把她交给我照顾一阵子吧。我这三周刚好是工作休息期，正好可以陪陪她。”

岁子在未婚夫家与哥哥家之间如此往返，接受着两人的好意。幸而哥哥还未成家，未婚夫家虽然有一位阿姨，但她自觉只是做杂务活的，不会多说什么。

“我真的可以一直这么悠闲地生活吗？”岁子觉得自己似乎过于散漫，便这样向未婚夫发问。未婚夫听后仔细考虑了一会儿，但很快就舒展开眉头：“就算你这样说，强迫你做些什么辛苦事总感觉不太对啊。能闲适的时候就过得舒服点吧。”

岁子虽然相信未来丈夫的聪明头脑，但对于他过度包容的通达却又不知为何有些反感。

回到哥哥家没几天，岁子和哥哥一起去听了音乐会。归家途中路过面包店，在那里吃了香草味的冰激凌。但也许是香味过于强烈，岁子回到家后在床上难以入眠。在她体弱多病的童年，这样的夜晚，乳母就会给岁子的睡衣上再披上一件天鹅绒的斗篷，牵着她去附近林木繁密的庭院小路上散步。

在天地间如水的静寂中少女感到了一丝凉意，脚下的地面变得朦胧起来，意识也开始模糊了。她自然地张圆了嘴，轻轻地打了个哈欠。眼尖的乳母一下子就发现了："呀，晚上的星星终于碰到小姐的手啦。"说着就把她抱在温暖柔软的怀里往回走，岁子就沉沉睡去了。

回想起这些，岁子也在自己的睡衣上披上针织披肩，裹住肩膀走出门外。这披肩是哥哥从欧洲给自己带回来的礼物。如今乳母已经去世，希望她再次陪着自己散步这一童年时期的温暖记忆也无法再达成，但她内心也意外地并不怎么想让哥哥或者未婚夫来陪伴自己。两位绅士应该会认为岁子这种想要入睡的心理现象是理所应当的生理需求而予以接受，并且亲切地陪伴完成，但在这之上恐怕也并没有什么更深层次的东西了。

说这是极其幼稚的想法也好，不过哥哥和未婚夫都不具有乳母那样用发自内心的尊敬和神秘感去对待岁子的素质。就算是同样带着爱意的手，和那位乳母的肌肤触感也全然不同。岁子能够分清这些感觉，这是她与生俱来的敏感的本能。

这时，岁子就会思考哥哥与未婚夫，以及自己与他们之间的关系。她想，自己从某种意义上来说，也许是个非常幸福的女子，但同时自己最重要的心情却不能被最亲近的人理解，这样，也许自己反而是世上最不幸的女人了。但是，这种事情即使说出来别人也无法评判，还不如独自彷徨在夜色中来消解这莫名的焦躁。

岁子哥哥居所附近，就算是道路也是私有土地。路口都有防止他人进入的栅栏，是个相当安全的地方。就算女性在深夜独自行走也无须特别担心。

月亮即将升起。岁子在月光下呼吸着，繁密的树丛发散出使人清醒的潮湿的气息，与大地蒸发出的蕴含情欲的热气不可明解的交错中，她的心情也变得缥缈起来。

在道路的一侧，是未经修剪的老灌木，就像行道树那样高高地生长，茫茫地延伸出去，每株之间都有着粗粝的空隙。

不知转了几个拐角，不经意路过的女子，与同样不经意地从树篱后轻轻踱出的青年相遇了。

看到这个穿着青灰色衬衫的青年，岁子不由得停下脚步。如同在深山中与他人偶然相遇时那样，岁子心中掠过一丝无法移开视线的恐惧，但同时也浮现出一种怀念之情。

青年的脸在月光的照射下看得很清楚，但他端正的眉眼间却带着若有若无的忧愁。青年稍微压低了声音：

“真是个不错的夜晚啊。您是曾我学长的妹妹吧，要进来看看吗？”

岁子感到有些奇怪，这位青年是怎么回事呢？哥哥说过有个学弟的家住在这附近，大概就是他吧。

青年马上又说道：“今晚我家的院子里很漂亮哦。”

这个声音率直而亲切，仿佛与世间的普通话语没有任何的关联。岁子听了青年的邀请，心里很自然地就想要进去看看，但是她表面上还是露出恬静的微笑，推辞道：

“谢谢您的好意，可是……”

“不用多虑。”

“可是……”

“您兄长应当是认识我的，在校时他是我的学长。”

果然是他，岁子想，既然如此熟悉就不用再有奇怪的担忧了。

青年叫作牧濑。自那晚起，岁子知道了牧濑家的院子，以及庭中池塘周围的美景。这景色虽然恬淡清雅，但不知为何却带着勾人的魅惑与余韵。

第二天，岁子和哥哥说起这事。哥哥说：“听说牧濑回国了，看来确实啊。他在后辈里也算是有天分的，但是个稍微有点儿奇怪的家伙。不过内里是个君子，和他来往没有什么坏处，不过，也得不到什么好处。”

虽然持有这样的观点，不过也没有强行阻止岁子的意思。

不知不觉过了二十天。这当中，岁子间隔一两天就去牧濑家的庭院，大概去了七八次。而这时，也离约定回到未婚夫家的时候不远了，今晚大概就是最后一次了吧。岁子想着，走进了树篱门内。

“我就觉得今晚你肯定会来的。升起的月亮也和最初见面的那天一样啊。”牧濑把岁子迎了进来，马上说道。

在他们的周围，旧时的小丘和假山还保留着。枫树、紫薇树等观赏树粗壮的树干上，能看到园丁花心思修剪枝叶的痕迹，确实是十分不错的庭院。

春天，岁子从哥哥家屋顶庭院上遥望，见到过一片如云般的樱花树，现在从院子里近距离看去，也都是老树了。中央池塘里的水很浅，池边的破损处自然地生出了茅草丛，里面混杂着萍蓬草和慈姑等细碎的小水草花。越过石桥连接着的中心岛上的枯松，可以看到内宅灯火通明，房间里的美术品堆得满满的。

但是，从第一夜起，最让岁子感到惊讶的是庭院里茫茫生长着的夏草，有野菊，也有藜草，院子里整个变成了一片夏草的无尽海洋。

牧濑和岁子尽可能挑了一处三叶草丛生、水汽较少的岸边坐下，紧绷的神经终于放松了下来。两人仅仅是沉默着，沉浸在夏夜酝酿出的强烈的清爽与幽旷的氛围里。

青蛙低鸣，月亮带着如吐息般的润泽。

“啊，真舒服啊。”岁子说。就像一直在吃好吃的食物，但是却也无法留一点儿在肚子里，所以更沉溺于它的滋味那样。

“现在，你还会像小时候那样要睡着了吗？”牧濑横躺着。他慢慢直起身子，带着点揶揄的口气说道。在这七八个夜晚中，岁子把迄今为止的人生体验与感想不知不觉都倒给了他。

“马上要睡着了的话，可是很不错的感觉呢。或者说，虽然没睡着也和睡着了差不多吧。”

“说得真不错。”牧濑笑着，小声说。他稍微靠近了岁子，翻找了一下有点儿粗糙的藤编食篮里的食物和餐具。

“渴了吧？今晚尝尝这个吧，很好喝的。”

牧濑从壶里向杯中倒出了满满一杯果汁，在月光下闪着光。岁子举起杯子对着月亮端详，牧濑说：“是水晶石榴汁，在果汁中也算是高级的。”

然后，他笨拙地切开木瓜放在小碟上，挤上柠檬汁，和勺子一起递给岁子。岁子喝着仿佛是藐姑射山[1]里的神女饮用的香气幽邃的清凉果汁，吃着虽是植物却充满温度的芳甜的木瓜果肉，心情也越来越愉快了。

如同被跳蚤轻噬般的依恋之情一点点浮上岁子心头，令她感到心里痒痒的。牧濑穿着运动衫的身体，在夜色中传来一种野兽般健壮的触感。

1　取自《庄子·逍遥游》：“藐姑射之山，有神人居焉。”

在森林中，岁子能够看到近得仿佛能被打下来的鸟影。鸟儿“嘎——嘎——”地叫着。牧濑说，那是被猫头鹰惊吓到的夜鹭。对袭来的仿佛是爱恋感的防卫本能使岁子不禁战栗起来，就像是要抖落这种情绪。在被牧濑邀请来到这个庭院之前，她从未想象过在东京还会有这样的山间洼地存在。这里从三四代之前就是牧濑家的宅邸，相邻的岁子哥哥的家宅过去也在其中。这一带过去全都是江户的乡下，狐狸、狸猫栖息于此，还会有秧鸡从涩谷川飞到这里的池塘排水口。牧濑完全就像是说着别人的事那样对岁子说着这里的故事。这个青年每晚都这样谈论着自己的经历和生活片段，但因为他的口吻总是淡淡的，像说着与己无关的事情那样，反而给岁子留下了更清晰明了的印象，岁子也觉得不可思议。

倘若把牧濑的话语片段汇总起来就是这样吧。他对建筑史的研究逐渐回溯到了原始时代。通过建筑，他看到了古时民族的质朴灵魂和单纯情感，其中满溢着光怪震荡而怒张的生命力，这把他的精神俘获住了。

但是，根据岁子的观察来看，牧濑对高雅趣味所形成的近代文明有着自虐式的反抗，对一切错综复杂的东西感到厌烦而重新爱上了简单朴素。从这种趣味磨炼而出的勇敢中却也能感受到他孤寂的性格。

在他的身上，衰老与青春并驾齐驱，像是意图潜入世纪末的颓废深处，去抓到什么妙澈之物。尽管还没有得到想要触碰的精神宝藏，但却能够感受到他健康的身体与高洁的情操。这也是从他身上去不掉的第二性格吧。

不知为何，今晚他在淡淡的诉说之中，时而迸发出火热的激情，这让容易动摇的岁子也惊愕了。并且，他还经常想要讲爱情故事。

传说也好，瞎编也好，只要是带上些浪漫的气息，在这如水月色下的清冽夜晚中也全部如同真实。他喜欢说恋爱，但在关于激情的表达上，他却说了这样奇怪的话。

“……肉体和精神都通过感觉交融在一起，以死亡一般的强大力量带入恍惚的不可言之境，顺从生物的习性登上性之祭坛，完全成为情欲的牺牲物，这样也不错。但是，只要稍微一分神，就会觉得这种努力是多么丑陋。

“而且刹那间，人类灵魂的无限性就随之消散，这种生命余韵的失去让人感到惋惜。比起那些，我认为健康活力的肉体只是双双并躺在田野上，如枝头小鸟般吹着口哨，充分沉浸在爱的世界中，彻底相互理解的男女就是最好不过的了。”

微风拂过草叶上的露水。气流的循环中混杂着远处百合田的气息，还有点儿烟熏的味道。注意到岁子的好奇，牧濑告诉她那是附近镇上的澡堂在趁着夜晚打扫烟囱。是灰尘的缘故，抑或是清冷夜色的影响，池塘水面上笼罩上了一层轻薄的银灰色雾霭，如同变化着的旋涡一般，将望着它的人带入虚幻，诱使人吐露出潜藏在记忆中的所有情绪。

牧濑踌躇了。他注视了一会儿雾霭的变幻，再次开口。

“在过去，牧神座和仙女座在彼此间的关系中没有过无用的努力。他们相信，在相爱之时，爱具有完全透彻的力量。两人就像孩子一样疯狂玩耍，心中被绝对的爱意所填满。就算是被性质恶劣的恶作剧所惹恼，相互争执，爱也不会有所动摇。相信着星座的天理，尊重对方天性的自然的人之中，没有必要存在怀疑与不满。如果那样的东西最终现身，那也就是星座掌控的命运的终结。他们的命运也都会交给之后的星座所支配。于是，他们又可以再一次开始他们倾注生命力的生活。在这短短的七八个夜晚，通过这短暂的交谈，我明白了你应当是无论爱或是好意都会直率而无条件地接纳的理想主义女性。从我的直觉来看，你对我所思考的恋爱论点也会有所共鸣吧。这七八个夏夜，和你在此处的交谈会成为我一生中最好的记忆。如果这样说会失礼的话还请原谅，但就算你与静间君结婚，我觉得我也已经察觉到了你的与众不同。”

“我也有与众不同的地方吗？”

“如果要强调你的与众不同的话，你大概就是那种被要求处女受孕，也会想要去做的人吧。哈哈哈……”

“……”

突然，牧濑旁若无人地站起来走开了。像是要避开刚才的话题，又像是要继续，他像祈祷一样跪在了池岸边，然后催促岁子也一起跪下。清澈的水面上映出两人的脸。

将至破晓的水面如同打磨过的铜镜，岁月积淀的色泽和质感显示着上乘的品质。

在这其中，不知是什么时代，也不知是何处的年轻男女的脸从水底浮现了起来。

牧濑注视了一会儿，说道：

“我们果然还只是人类啊。哈哈哈哈。”

岁子突然感觉有什么爬上了自己的领口，但对于牧濑，以及对周围的状况，也没有涌上什么不安。不如说，她此时的心情一片渺茫，如同沉浸在一生中再也无法到来的梦中世界。

附近的林中飞来的小鸟掠过池面，两人同时抬起了头。

发白的月亮兀自向西，天空浮现出黎明的气息。彼时，天地仿佛开口，展现出不可言表的庄严与空虚。

岁子几乎一整夜都在听着青年充满矛盾和独断的话语，但却并未感觉无趣。在青年格外脱俗的言语之下，岁子反而感受到了让人喘不过气的人间至情，让她忍不住想要叹息。于是她轻轻地叹了口气。

“我终究还是让你叹息了啊。不过这不光是我的错，也有月亮的错，夏夜的错，还有夜色里草叶潮湿气息的错。话虽如此，还是得感谢你陪伴了我这个梦游患者好几个晚上。虽然一想到今夜是最后一晚就让人感到分外不舍，但这夜也马上就要到黎明了。我们就要分别了……普通又正常的白天就要到来，我们花了整夜好不容易采集的抒情的芬芳就要散去，别于尘俗的花儿也要凋落了。”

他说完，就一语不发地分开院中数米高的杂草，步履沉重地离去了。

结婚的前一夜，岁子对丈夫讲了她在牧濑院中度过的夏夜。丈夫听完，如往常般深思一番后展开眉头，说：“真是美好的经历啊。就以《仲夏夜之梦》为题，把你的这份记忆珍藏起来。以后当你的内心在婚姻生活的俗套中倍感无聊时，就时常回味一下这份浪漫的记忆吧。或者也可以分享给我。”

岁子从这时起，才开始爱上了丈夫。

没过多久，牧濑出发去了中亚，打算拼命发掘古代建筑的遗迹。这是岁子从哥哥那里听说的消息。

家灵

家霊

在东京山手高地的住宅区，有一处电车交会而成的十字路。在这十字路当中，还分岔出一条通向低地老街区的斜坡细道。斜坡上有一家卖泥鳅的特产店，店铺正对着八幡宫神社。一尘不染的格栅门中间有一个入口，上面悬挂着老旧的暖帘[1]，帘上还染有白色的书法字“命”。

泥鳅、鲇鱼、鳖、河豚，夏季还有凉拌鲸鱼片[2]——据说这类食材能进补身体，所以当年这家店的创始人才会根据自认为绝妙的创意，把店名取为“命”。这个店名或许在当年是非常新颖的，但是在之后的几十年里，就逐渐沦为了极其平庸的字眼，不

---

1 日式店铺门口挂着的布帘，可以遮光、防尘、防风，还可以避免外面的人直接看到屋内。

2 将盐渍鲸鱼尾部的肥肉切成薄片，放入开水中拔出脂肪，再浸到冷水中冷却而成，通常蘸醋酱食用。

再有人对它感兴趣。不过就食材来说，因为这家店烹饪方式独特，再加上价格低廉，所以来店的客人源源不断。

四五年前，由于“命”这个字所具有的某种不安的魅力，激发着人们从空虚中出走的冒险，或对黎明的执拗追求——在曾经的浪漫时代，人们很容易联想到这些东西，因此，这家店重新清理文字都已洗褪色的暖帘，掸去了几十年来的烟尘，给周边一带的现代年轻人带来某种即兴但震撼的感受。当他们来到店门口，望着暖帘上的字，带着年轻人特有的忧郁说：

“好累啊。要不吃个‘命’吧。”

这时，同伴会以一种略带老练的口吻提醒：

“别反过来被吃掉哦。”

随后他们互相拍了拍肩膀，涌入店铺。

座位区是一个宽敞的铺席房间。狭长的木板按照L字形铺在冰冷的藤制榻榻米上，这是客人们的餐桌。

客人们进入房间坐在榻榻米上，或者干脆坐在房间外水泥地的椅子上，面对餐桌用餐。他们通常吃的是火锅或者碗装的菜肴。

店内被热气和烟雾熏得发黑，只有店员的手能够到的部分才能看到擦拭过的痕迹，木板墙下面一大半都已经像铜一般通红发亮。往上一直到天花板都是纯粹的黑色，仿佛黑魆魆的炉灶内部。即使在白天，室内的华丽吊灯也把房间映照得异常明亮。泛白的光线不仅让这个房间看起来像个洞穴，还把客人们用筷子从口中剔出的骨头，映照得形如白色的枝状珊瑚，堆积在盘子里的葱白也似白玉般耀眼。这使满座的客人好像一群恶鬼在举行饕餮盛宴。其中一个原因可能是，客人们对食物的吃法并不熟悉，看起来仿佛在啃咬某种不明的食物。

木板墙的一侧有一扇中等大小的窗户，上面有一个架子。客人点的菜就是从厨房端出来放在架子上，再由年轻女服务生送到客人面前。从客人那里拿到的点菜单也放在同样的地方。透过窗户内侧的木格栅，可以望见女掌柜母亲的白皙面庞，过去由她在账房负责监视并接下这些点菜单，现如今则是女儿久米子的小麦色面庞时不时透过窗口，监视女服务生的工作态度和客人的情况。有时学生们看到久米子，会发出莫名其妙的声音。久米子只能苦笑着要求年轻女服务生：

“他们太吵了，去多拿点调料给他们吧。”

当年轻女服务生憋着笑，在调料盒里堆了一座细葱的小山，把它送到学生的座位上时，学生们看着夸张的调料盒，找到了他们对久米子产生影响的证据，并发出了胜利的欢呼声。

久米子在七八个月前回到这家店，开始代替生病的母亲坐镇账房。从上女校之后，她就无比厌烦这个洞穴般的家。她无法忍受自家的这种行当，在她看来这无异于是对世上的老年人和精力旺盛的消费者进行食物疗法一般。

为什么人们如此惧怕衰老呢？衰老就衰老，顺其自然有何不可？没有什么比强迫人充满精力更卑鄙的了，那种散发着味道，闪烁着油脂的光泽和浮于表面的精力——久米子是那种在初夏闻到椎树嫩叶气味都头疼的女孩。与椎树嫩叶相比，她更爱天空中的晚月，这可能是由于她自己已经饱享了青春。

店里世代相传的传统是，男人负责进货和掌厨，媳妇或者女儿负责看守账房。自己既然已经是独生女，就不得不接受一个平庸的女婿，一辈子作为女掌柜守着这个饿鬼窟。忠实履行这一职责的母亲，因为家庭责任而把自己毫无性格的一面暴露在人前，看起来一副靠不住的样子。她的脸上只剩下如同能剧里小面面具[1]一样的惨白肤色和鼠灰色的阴影。久米子一想到她最终也会变成这样，就不寒而栗。

久米子利用从女校毕业的机会，趁机离开家走上了职业女性的道路。对于出走的那三年，做了什么，过着怎样的生活，她从未提及，只是会从所在的公寓写明信片寄到家里。三年来，她所能回忆起的就是自己像蝴蝶一样在华丽的职场上闪耀飞舞，或者和男性朋友像蚂蚁打招呼一般相互触动触角而已。虽然这样的生活如梦如幻，但是一遍又一遍的重复也让久米子感到厌倦。

在母亲病倒卧床后，她被亲戚们叫回家。在亲戚们看来，她除了长大了之外，别无变化。

母亲问她："之前你都做了什么事呀？"

"嘿嘿嘿。"她轻松地笑了笑。

从回答来看，她貌似已打算守口如瓶。况且母亲

1　能剧是日本最主要的传统戏剧，表演者佩戴面具，小面面具用在年龄为十五六岁的少女角色上，也是所有类别中年龄最小的。

也不是一个会咄咄逼人的人。

“从明天开始，账房的工作麻烦你管了。”

她还是嘿嘿地笑着。从很久之前开始，家里就有种气氛，亲人之间若是敞开心扉互吐心事，或是讨论严肃问题的话，双方都会感到尴尬。

久米子有些破罐子破摔了，这次她接受在账房工作，其中并没有太多勉强的意味。

已经快到岁末，凛冽的寒风吹起斜坡上的沙子，木屐齿[1]无情地踏在冰冷干燥的土地上，声音顺着每一根头发回响——这是一个如此寒冷的夜晚。斜坡上的十字路口传来电车吱吱嘎嘎的声音，前方八幡宫神社内的树木沙沙作响，仿佛冷飕飕的寒风把这些声音糅杂起来抓着扔进耳朵，又仿佛远处有盲人在低声细语。如果走到斜坡上远眺的话，大概能看到老街区的灯光像冬季海面上的渔火一样闪烁吧，久米子想。

客人离开后的房间里，炖煮食物的气味和香烟的烟雾弥漫，朦胧地包裹住了吊灯。年轻女服务生和负

1 即木屐底部两个方形木块，一个钉在脚后跟，另一个钉在中上部，起到防滑的作用。

责外送的男店员把火锅的剩余炭火收集到石炉中继续燃烧。对于这个让人心绪纷飞、颇有所感的夜晚，久米子只感到厌恶，并试图通过翻阅时尚杂志和电影公司的广告杂志来缓解心情。离店招牌上写的十点关门还有一个多小时，看样子不会有客人了。正当久米子想着要不要提前关门时，年轻的外送店员冻得哆哆嗦嗦地回到店里。

“大小姐，我刚经过后面巷子的时候，德永又点单了，要一人份的米饭和泥鳅汤。这怎么办好？”

闲着无聊的年轻女服务生，仿佛正等待发生什么似的，抬起头来：

“真是不要脸啊。都拖欠一百多元了，连一毛钱都不付，现在又……”

然后，她瞥向窗户里面，想看账房里的久米子会对此作何反应。

“真伤脑筋呢。但是从母亲那个时候开始就一直允许他赊账，今天要不还是给他送去吧。”

这时，正烧着炉子、向来沉默寡言的年长外送店员突然抬头说：

“这可不行啊，大小姐。这都年底了，得清下账，否则明年还会继续拖下去的。”

这位年长的外送店员在店里扮演着管理者的角色，所以他的意见还是必须得参考的。于是，久米子也顺着他的意见回答：“那就这么办吧。”

后厨员工在煮熟的乌冬面上加了油豆腐和大葱段，从后厨里端出来分给所有店员当夜宵。久米子接过其中一碗，吹了吹热气。当大家吃完夜宵，火灾巡逻员刚好来到店门口，他敲打着店铺招牌，震响了薄薄的玻璃推拉门。只要听到这个声音，即使是未到营业结束时间也必须关门。

突然，一阵啪嗒啪嗒的草鞋声不断靠近，店门口的推拉门被悄悄地打开了。

德永老人长满胡须的脸探了出来：

“今晚，真的很冷啊。”

店里的人们都假装没看到。老人稍微观察了一下大家的举止，然后歪着头，用一种担心又狡猾的语气小声询问道：

“那个……我点的……泥鳅汤和米饭还没做好吗……”

之前接受订单的外送店员面露尴尬神色，回复道：

“实在是不好意思，我们已经到点关门了……”

还没等说完，年长的外送店员瞪了他一眼，抬起下巴示意年轻店员：

“跟他把话说清楚吧。”

于是年轻店员只能向老人解释，虽然每次赊账的金额都不多，但是累积下来也已经超过一百元，这回如果不偿还一点儿的话，店里很难结算年终收入。

“另外，现在负责账房的是我们大小姐，和以前不一样了。”

听到这话，老人神经质地搓起双手：

“啊，是这样吗？”他微微歪头，面露疑惑，“不管怎么说，外面太冷了。先让我进来吧。”

老人说完后，哗的一声拉开推拉门走进店里。

年轻女服务生没有拿来坐垫给老人，老人只能寂寞地坐在偌大而冰冷的藤制榻榻米中央，像一个等待审判的罪人。虽然他身上穿得很厚实，但是高大的身躯却不显结实，他把左手习惯性地放在胸前内袋里，按在肋骨上。这位老人头发近乎全白，并梳成总发[1]

1 从江户时代末期到明治维新期间，日本男子采用的一种传统发型，即不剃头发，而是向后披散或用发髻盘发。

的样式，过于端正的眉眼和鼻梁很容易让人联想到薄命相。与那张儒雅的面孔相比，他身上皱皱巴巴的和服衣带上挂着围裙，坐下来时和服下摆处还露出浅黄色的细腿裤和灯芯绒的日式分趾黑袜，这样的穿着与他的面孔完全不相称。

老人朝着久米子所在的窗户，以及店里的其他人，开始一本正经地谈论社会经济不景气，自己所从事的金属錾刻工作已不再被需要，接着结结巴巴找借口说自己就是因为这样才没法结账。然而，当老人为了强调他的借口，转而谈及其工作性质的稀有性时，突然开始兴致高涨，骄傲地侃侃而谈。

这位老人并不只有今晚如此，他经常用一种不知是得意还是感慨的口气，像说相声一般边比画边讲述。笔者仅在此介绍老人谈话的姿态。

"我做的金属錾刻，和其他錾刻不一样，我做的叫片切雕。錾刻就是用金属来雕刻金属的技术，这可不是简单的工艺。这需要很强大的精神，所以我要是每天不吃泥鳅的话，是坚持不下去的。"

老人带有那种老师傅身上常见的习惯，相比于说话的目的，往往独自沉醉在说话的过程中而忘记了听众，不管什么场合都要有己无人地来一段独角戏。老人仍在侃侃而谈自己所做的片切雕，根据他的说明，这是使元禄时代的金工名匠横谷宗珉[1]再次名声大震的工艺，比作剑道的话，可以称得上是一招定胜负的绝招。

老人左手拿着錾刀，右手拿锤子，然后定了定神，深吸一口气，收紧力量到下腹部。虽说这不过是展示工作时的模样而已，但是造型却非常完美。在富有灵活性的同时，可以从中感受到某种自然原则，这时哪怕推拉他，造型也不会被破坏。在炉子边的外送店员们和年轻女服务生也都被老人的气势所感染，绷紧了神经，端正了身体。

老人暂时松懈了自己威严的姿态，嘿嘿笑了。

“普通的雕刻的话，不管是这样做，还是那样做，随便动动手指头就能做到。”

这次，老人像表演滑稽戏一般，只是稍微扭动了两只手腕，弯曲了后背，就巧妙地表现出操作錾刀和锤子时的样子，同时还露出一副如同贪睡和下流无耻

1　江户元禄时期幕府的金工师。

的夸张模样，极力让观众们领会他的意思。外送店员和年轻女服务生都偷笑起来。

“但是，如果是片切雕的话……”

老人再次摆出先前的威严姿态。他缓缓睁开眼睛，漆黑的瞳孔中的目光从他蓝莲花般的锐利双眼中平静地斜射出来。他的左手精准地停在某个定点，右手臂从肩膀处尽可能地伸展，伸出的手臂只依靠肩部移动，在右上方划出一道巨大的圆弧，接着将握着锤子的拳头击向另一只紧握錾刀的拳头。透过窗户往外窥视的久米子，想起曾在学校见过的希腊雕像——掷铁饼者的石膏模型——青年高举铁饼，伸展双臂，几近人类身体极限，他那年轻紧致又优美的手臂一瞬间浮现在久米子的脑海中。老人作势敲打的动作释放出莫大的气势，毁灭的仇恨和创造的喜悦融为一体，并声嘶力竭地吼叫。这种速度有一种异于人类的特质，使人难以分辨它到底是属于魔鬼还是天神。老人握着锤子的手，宛如天体沿着轨道弧线般上上下下，让人感觉到其中蕴含着无限空间。然而，就在到达握錾刀的手的前一刻，它精准地停在一个固定的距离，似乎那里有一台刹车器。这可能就是所谓技艺的规训吧。

老人重复了五六次，然后放松了身体，说道：

“各位，你们明白了吗？”

“所以我每天不吃泥鳅的话，会坚持不下去的。”

事实上，这是老人每次来都会上演的戏码。当老人开始表演时，店里的人们就会暂时忘记自己正在店里，正在东京的山手高地上，他们被这种愉快的危机感和常规性的洒脱感所迷惑。再看向老人的脸，听他在一番真情流露之后，却又回到了泥鳅的话题，不禁让人发笑。气氛再次变得尴尬起来。“另外，这把錾刀的刀尖使用起来也有阴阳之分……”老人又恢复了他作为工匠特有的自负态度，“牡丹有牡丹的妖艳生命，狮子有狮子的豪放生命，用这两种刀法就可以表现出不同的生命，而且运用这种技艺就可以在坚硬的金属板上雕刻出鲜活的生命，这一过程充满了韵味啊。”老人说着说着，肢体动作愈加丰富，眼神也变得迷离，仿佛在仔细品尝甜美的露滴。这不过是工匠的自娱自乐之举，店里的人们早已不胜其烦。这一切之后，店员们为了让老人尽快结束这段表演，就回应道：

“那好吧，就今晚给你送过去。回去等着吧。”

说完就送走老人，并迅速关上了店门。

又是一个刮风的夜晚。火灾巡逻员已经路过，店里的人也把店门关上，出去洗澡了。仿佛在一旁等着一切结束般的，老人悄悄打开推拉门，走进店内。

老人朝着久米子所在的窗户坐下。偌大的榻榻米上，老人面对着窗户无动于衷，任由深夜的时间流逝。老人今晚看起来虽然充满决心，但脸上表情显得无精打采。

“从年轻的时候开始，泥鳅一直是我的最爱。我做的工作需要耗费精力，不吃点补身体的东西就干不下去。虽然我过得很落魄，在小巷的破房子里住了二十多年，不管我打光棍儿的生活多么寂寞痛苦，奇怪的是，对我来说，这种像是柳叶上长出尾鳍的小鱼，已经不仅是一种食物了，它带给我熟人般的感觉。”

老人像是急切寻求对方理解一般，开始语无伦次地念叨起来。

他说道，即使被嫉妒，被侮辱，内心像是被恶魔占据一般异常兴奋时，只要嘴里含着这种小鱼，用门牙嘎吱嘎吱地从鱼头开始一点点顺着骨头咀嚼咬碎，怨恨也似乎转移到上面，不知从哪儿来的温柔泪水就会涌上眼眶。

“要说被吃掉的小鱼很可怜，那我也很可怜。不管是谁都值得同情。但也不过如此而已。我没那么想要一个妻子，但是我想要可爱的小东西。每次当我想要可爱小东西的时候，看到这种小鱼，不知怎么的悲切的心情就能平复下来。”

老人从怀中拿出毛巾布手帕，擤了擤鼻子。“你是老板娘的女儿，跟你说这些话实在是冒昧。”接着这句开场白，他继续说，“这位老板娘，是非常通情达理的人。以前我也还不清赊账，大晚上提心吊胆地像这样一次次过来辩解。这时老板娘——就正好坐在账房里你的位置上，用手懒懒地托着腮，微微看向窗外。她说，德永先生，你想要泥鳅的话，要多少都可以，完全不用担心。作为交换，你要是雕刻出觉得不错的作品，就把它给我，用来还清赊账，或者再从我这里拿钱。她反复告诉我，这样就行，真的只要这样就可以了。”说到这里，老人又擤了擤鼻子。

“老板娘当时还年轻，很早就结婚了，也是和你现在差不多的年纪。只可惜她的丈夫是个浪子，总是从家出去转悠，四谷和赤坂这一片的人都知道他的名声。老板娘一直忍气吞声，一步也不离开账房。只是偶尔透过窗户能看到她，一副想要紧紧抓住并依靠别人的悲伤样子。想想也确实，毕竟是有血有肉的人，要随便变成一块冰冷的石头实在是太困难了。”

当时的德永还很年轻，他不忍看着年轻的老板娘一点儿一点儿陷入生活的泥潭。老实说，他不止一次地想直接把她从账房里强行拉到窗户外。然后，一旦和这个近乎木乃伊状态的女人有所牵连，自己又该怎么脱身呢？有很多次，他光是这样想着就逃跑了。当他凝视老板娘的脸时，不论是哪种想法都让他感到力不能支。老板娘脸上的表情已经述说着——如果自己犯下什么错误，不管之后怎么弥补挽救，也永远无法消除遗憾，永远会在这个家里受尽惩罚吧。或者如果世界上没有人来安慰自己的话，自己也会马上燃烧殆尽，像灰烬一样消逝吧。

“至少，我可以通过我的技艺，把生命的气息和回春之力，从这个窗户，传递给越来越形同化石的老板娘。我耗尽心力，不断敲打錾刀和锤子。因为没有什么比片切雕的艺术品更好的了。”

老人还说，为了安慰老板娘而不断努力精进技艺的过程中，他不知不觉就成了自明治时代的加纳夏雄[1]大师以来技艺最为精湛的人。

即便如此，真正能雕刻出生命感的作品，数量也并没有那么多。德永会从作品中百里挑一献给老板娘，再挑其次的七八个卖掉以谋生。至于剩下的作品，他觉得不满意，就全部重新雕刻。

“老板娘会把我送的发簪插在头上，或是拔下来欣赏。那时候的她看起来容光焕发。”

德永依然只是一个不为人知的巧匠。就算这不可避免，岁月也未免太残酷了一些。

“一开始我雕刻了高岛田发型[2]也能插的扁平银簪，上面刻了柳叶和樱花的纹样。还有丸髻发型[3]用

1 加纳夏雄（1828—1898），本姓伏见，是日本明治时期著名的雕金家，被称为日本工艺史上最杰出的金工之一。

2 日本的传统发型。凸出额前和后脑勺的头发，弯折成武士一样的发型后系紧。过去是贵族女性和游女的常用发型，江户后期在未婚女性中流行，明治时则将之定为日本新娘的正统发型。

3 原文作“丸髷”，从江户到明治时代的已婚女性的代表发型。发髻的形状看起来更厚更圆，通过发髻的大小可以识别女性年龄（越年轻，发髻越高越大）。

的球形银簪，周围刻了夏菊和杜鹃鸟。之后还用毛雕的技法刻了像掏耳棒一样的细簪子，上面雕了细梗胡枝子、女郎花。之后就没有什么可錾的了。我最后雕刻给她的东西已经是两三年前的一支老式单股发簪，簪子尾部是一只呼朋引伴的白颈鹤。然后就完全没什么可錾的了。”

德永在说完这些之后就变得筋疲力尽，他接着说道：

“说实话，我已经没有办法还清欠账了。身体也大不如前，也没了工作的动力。老板娘大概也不再需要发簪了吧。但是我多年来已经习惯用一碗泥鳅汤和一碗米饭当夜宵，要是不吃的话，怕是过不了冬天的夜晚，到早上身体就会冻僵。我们从事錾刻行业的，只在乎眼下的錾刀，不会考虑明天的事。因为你是老板娘的女儿，我恳请你今晚也能给我五六条那种细细的小鱼。就算是死，我也不想在这种草木凋零的寒冷夜晚死掉。今晚，就一个晚上，我想品尝那些小鱼的生命，把它们咔嚓咔嚓地嚼进我的骨髓里，继续活下去……”

德永恳求的样子，如同阿拉伯人对着落日顶礼膜拜，心虔志诚地面朝天花板，如神社前的石犬般蹲坐，像念咒语一般哀叹。

久米子不自觉地从账房里站起来。她感到有什么奇妙的东西让她神怡心醉，晃晃悠悠地慢步踱进后厨。厨师们都已经离开，那里没有人，只能听到水滴落在鱼池里的声音。

久米子在唯一亮着的电灯下环顾四周，发现大缸上盖了盖子。揭开盖子，可以看到泥鳅正浸泡在清酒中，这是为明天准备的食材。有些泥鳅还在摇摇晃晃地把头探到液体表面。平时光是看着都觉得恶心的小鱼，现在竟显得亲近无比。久米子卷起小麦色手臂上的袖子，把泥鳅一条一条地移到带柄锅子里。没想到小鱼在她紧握的手指中还会蠕动，突然，那阵颤动如电流般直击心灵，刹那间久米子微微感到了那不可思议的内涵——这是生命的呼应。

久米子把高汤和味噌汤倒入锅中，抓起一把牛蒡丝放进去，然后在煤气炉上搅拌。露出白肚的小鱼漂浮起来，久米子把热腾腾的汤汁盛在一个朱漆大碗里。她抓了一撮花椒放在碗盖上，再和饭桶一起从窗户里递出去。

“米饭可能多少有点儿凉了。”

老人以一种既不虚荣也不太体面的愉悦心情，拎了拎灯芯绒袜子的底，接过久米子递来的饭菜，小心翼翼地把它放到从店里借用的饭菜配送提盒里，然后打开店门，像盗贼一样消失得无影无踪了。

母亲在被诊断为不治的癌症后长期卧床，最近突然心情变好，说身体可以自由活动了。她把病床拉到初春的太阳能照到的地方，起床后一边尽情享用着想吃的各种美食，一边用她一生中少有的亲切语气对久米子说：

“真是奇怪呢，在这个家里当老板娘的，每一代都是嫁给浪子呢。我妈妈是这样，还有我的外婆也是。倒也没真的觉得特别丢脸。只是，如果你坚持下去，紧守账房，总还是能继续把招牌挂下去的。而且还有一件奇怪事，就是总会有人倾注生命来安慰你。我碰到过，你的外婆也碰到过。所以，我先提醒你哦。你现在还年轻，如果面临和我们一样的命运，千万别沮丧。还有一件事要告诉你——”

母亲在临终时，说自己脸很脏，在脸上涂了一层薄薄的白粉，还让久米子从柜子里拿出一只琴码盒。

“只有这些才是我真正得到的东西呢。”

母亲接着把盒子贴在脸颊上，露出一副无比怀念的神情，还晃了两三下。盒子里发出许多金银发簪相互碰撞的响声，这里面都是德永倾注生命雕刻而成的作品。听到这个声音，母亲发出了“呵呵呵”的笑声，一种近似年轻姑娘般的纯真声音。

从那之后，试图安之若命的不安和坚毅的勇气，以及相信命运救赎的孤寂和虔诚心情，在久米子的胸中昼夜不断地交织纠缠。当这些心情把她缠绕得快窒息时，她会把自己从中剥离出来，像是用指尖轻柔并富有技巧地安抚小狗一样，迷迷糊糊地感受自己的青春。有时她也会接受邀请，和几个常来店里的学生一起吹着口哨，哼着歌，走上斜坡去看看。横穿山谷的城市上空，正被低垂的晚霞笼罩。

在那里，久米子一边含着学生们给的水果硬糖，一边想着，如果这些年轻人中有谁未来会和自己产生关联的话，那么是会成为困扰她的浪子丈夫，还是倾注生命来拯救自己的人呢？久米子对这样习以为常的推理游戏略有兴趣，但是没过一会儿她就说：

“店里很忙呢。”

然后拉起衣袖抱到胸前，独自一人回店，坐在窗户边。

德永老人日渐消瘦，形容枯槁，不过他还是每晚都来店里拼命地讨要泥鳅汤。

花之劲

花は勁し

大玻璃鱼缸里长满水绵，水色混浊而逐渐泛起了铅色。刚刚还自在游动的两条通身闪亮的琉金金鱼，也受不了这沉重的气压而并排下沉，并把脸转向了一边。两条金鱼的尾巴隐在了水绵中，模糊了视线，从外面只能看到它们的前半截身子。鱼缸外是一个凸着黄色琥珀眼球的斑马摆件，鼻子抵着鱼缸外壁，内壁上的水珠透过去，让它看起来像是在出汗。鱼缸盖上摆着一盆浅色红梅，花瓣散落一地，枝上独留一些倔强的花蕊，十分显眼。

三保谷桂子是一位插花师新秀，待她的弟子们—— 夫人们和她们的千金一一离开后，她收集起剩下的花材，用残枝在圆筒花瓶里插了花来犒劳自己。她站定欣赏了一会儿花，又透过玻璃门注意到顷刻即变的天空。金鱼对天气的变化是很敏感的，桂子开始观察那两条金鱼。

天色越发阴沉，大雨倾盆而下，闪电击穿天空，那亮光透过玻璃窗照亮了榻榻米房间的炭炉。这时，外甥女泉子把水稳稳地端来了。

“金鱼、斑马、鲜花、闪电——幻想派诗人们看了准高兴。”桂子自言自语道。她突然想起，之前准备离开法国时，那些世纪末还健在的诗人，也都还在笔耕不辍地创作这类诗歌。

泉子拿起桂子未完成的插花花瓶，同时轻轻往里倒水，问桂子：“老师，明天就是除夕夜了，今晚要不要把钱给小布施先生拿过去呢？”

小布施是桂子一个远房亲戚的儿子，也是她以前学习绘画时的同门，作为一位身世不幸、体弱多病的画家，长期以来一直接受桂子物质上的帮助。桂子把花的碎屑包好，然后拿走垫在膝盖上的布，想到动不动就惦念着病弱的小布施的泉子，不由得心生怜惜。说不定泉子的内心深处，其实是爱着小布施的呢。

桂子如是想着，稍稍放松了衣领，将右手的拇指插进右前侧的带子中松了松衣服，展了展身体，博多带[1]随之窸窣作响。“啊，松快多了，面对弟子们必须时时刻刻端着，真是累人。泉子，端杯茶来吧。”

轰鸣雷声响彻天空，甚至震动了茶室榻榻米下的托梁，随后声音的余波逐渐远去。桂子和既是自己外甥女又是内室弟子的泉子坐在一起吃了两三块麦落雁[2]，然后从上了漆的描金画台上拿了沉甸甸的纸包下来，这是今天的弟子们留下的本月的所有学费。

桂子用小方绸巾把它们包裹起来，说：“好，接下来我就要去见我年轻的恋人了。”这话一半是说给泉子听的。泉子环顾四周，皱起了眉头，回复道：“即使是玩笑话，老师您这样说也不太好吧。叫别人听见了可怎么办……”她的声音里只能听出对她的姨母兼老师的单纯关怀。

“单身女人这样说会怎样？这是很稀松平常的哦。”桂子说道，语气有些许怅然。

---

1 产于日本九州福冈市的一种高级腰带，特征是摩擦声好听，而且不易松垮。

2 一种日式茶点心，造型和颜色通常体现秋冬季节的情趣。

天空逐渐平静，柔软的春雨[1]密密落下，桂子撑着伞从内玄关往外走，她伸展了自己健康又匀称的身体，并回头看了看泉子。泉子还在试图阻止她去拜访小布施，说毕竟是白天，太显眼了。桂子则说："白天大大方方地去，反而是对谣言最好的反击。"

泉子从她年轻美丽的姨母的温柔风度中看到可以克服任何困难的潜在精神力量，她满眼信任地望着桂子的背影，那背影完全体现着这种生命力的蓬勃。接着，她仿佛受到了那能量的感染似的，转向厨房大声唤道："婆婆，前院的桃叶珊瑚结满浆果了。之前都没注意到，绿色果实都混在绿色叶子里了。"

这时屋里传来了一阵热闹的脚步声，另一位内室弟子桑子和在桂子家做帮佣的工读生正赶来，她们比婆婆还早地跑到了泉子伫立的洋馆内玄关门口。

穿过山手区鳞次栉比的宅邸和商店，桂子顺着坡道往下走。这是一条樱花道，路两旁零星长着龙须草

---

1 日语中的"春雨"指的是2月末到3月时雨势较弱、淅淅沥沥的雨。

和坚挺的庭院树木，灌木丛中的乌蔹莓和王瓜蔓相互纠缠。这里可能曾经是一个气派的庭院入口，但现今花园被房屋掩埋，只留下了一条小路。坚硬的老树干和精瘦的细枝紧密相连，让人想起铸铁混合制成的走廊大门——铁门一般的老朽树枝上长出了嫩黄的叶子。

穿过树枝后是一个斜坡，桂子走到这里突然想起了戈贡左拉奶酪[1]，霉菌在腐烂的脂肪形成的缝隙中绽放成花，那绿色多么富有活力，多么艳丽迷人。桂子心想，这个世界上存在着一些美丽的事物，它们虚幻得几乎不真实，不能被简单定义。

每当桂子独自一人行走在清寂的地方，她总会幻想一些强烈且浓醇的东西，比如奶酪。作为讲习所的老师，桂子觉得，和泉子等人一起就着茶吃麦落雁这种寡淡点心时的自己就像另一个人。也许是因为过去在外国，被那里的食物牢牢套住了胃。

雨停了，太阳倾泻下漏斗形的黄玫瑰色光线。断

1 产自意大利的软质蓝纹奶酪，内部分布着均匀的蓝绿色霉菌脉纹，质地柔软细腻，闻起来有明显的气味。

断续续的枯草树篱突然散发出一股强烈的混杂着橡胶味的青草味。针形的荆棘新芽不论是颜色和形态都像婴儿一样，桂子觉得它们神气可爱。“如果想刺我，那就来试试。”桂子伸出食指——上面有密密麻麻、完美盘旋的指纹——按向荆棘的尖端。荆棘的新芽微微抵抗，不过随即就软塌塌地弯折了。桂子比方才更加用力，新芽的皮外侧几乎被折断，内侧的皮起了皱。桂子仿佛听到新芽悲伤地大叫，耳边幻听到了婴儿的哭声，顿时收回了手指。

尽管三十八岁正是女人最有韵味的年龄，桂子偶尔还是会自责没有生一个小孩。本该出生在世的几个孩子的哭声，有时会传到她的耳边。由于在生活中遭受了无数的胁迫和攻讦，桂子有些被迫害妄想，汹涌袭来的悲伤情绪让她几乎无法忍受，她想像个小姑娘一样跑进小布施的工作室，让年轻的男性朋友请她吃点什么，仿佛只有这样才能使她的心得到抚慰。桂子咽下一口唾沫，泪水顺着脸颊流淌。

阳光就在这个时候一倾而下，桂子感受到了光线的重量，于是收小了油纸伞，强迫自己上坡。从踩着木屐前行的双腿中，传递出了自己紧实肉体的力量，桂子想到自己如男人一样高大，且肉体丰腴，可不能就这样垮掉。

她重新振作了起来，登上了斜坡，在初春的阳光下眺望小镇的屋顶。侵蚀桂子的悲戚渐渐远去，她感到解脱，就像病痛即将痊愈时的畅快和感激，现在，只剩下了一种几乎令人发笑的又痒又钝的痛感。随后，雄心勃勃的想法朦胧浮现在了脑海中。

“人生苦涩，但至少花能给予我安慰。让真挚的自我情怀像花一般溢出来吧……至少让花点缀在这座城市的每一处。”这每每安抚桂子的物质，逐渐精神化为野心的一部分，张开蜡银色的翅膀，轻拂过赫炎中的东京天空，悄然离去。

在巴黎的美术服装师马莱夫人的邀请下，桂子曾在法国生活过六年，又在定居伦敦的同胞的恳请下，漂洋过海去教了一个月的插花。那时，她每晚都会一边感受着露背晚礼服背面的寒意，一边崇敬地去看当季的戏剧表演。在著名剧场的女王座，她曾观看萧伯纳的戏剧作品《圣女贞德》。一般评论都认为萧伯纳痛快地调侃了一番法国的圣女，然而桂子的感受却不一样，她认为萧伯纳的讽刺看似犀利，但圣女却巧妙避过了一切评论，没有受到一丝伤害。女人总能看到女人身上唯有同性才能看到的真面目，其他人的意见并不会对此产生影响。无论是愚妇还是村姑，女人体内都天然蕴藏着一股她们自己也不尽了解的深层力量，而被强烈的激情勾起时，女人的这种力量就会被牵引出来，有时会如同奇迹一般出现，也有时会被终身埋葬——到底哪种才是女人的幸福呢？

回到巴黎后，桂子向马莱夫人讲了这出戏。马莱夫人露出她那独特的、妩媚的虔诚笑容说：“有时观众能从作品中看出作者本身意图之外的东西来，这种作品其实就是天才的艺术。萧伯纳真是天才呢。”

“口衔红花行世间，无惧亦无忧。”这是桂子上女子学校时的一位朋友——女文学家K女士在桂子开讲习所的时候，写在匾额上赠予她的一句诗。讲习所的女孩子读了这句诗后，开始流行一个叫作“红花占卜”的游戏。她们会把插花剩下的花材衔在嘴里，双手叉腰，模仿电影里乔治·桑[1]的样子装模作样地阔步前行。不过这游戏没过多久就过时了。

---

1 乔治·桑（1804—1876），法国巴尔扎克时代著名女作家。

桂子从坡道路口远望雨后人烟稀疏的道路，路两旁有几座豪宅，还有一些新旧商铺的门面，张着大小不一的好奇贪婪的嘴，等待着行人的光顾。桂子知道，一段时间以来，自己去小布施工作室探望他的谣言已经在这个地区传遍了，也有一些同行把她当作敌人看待。她突然想到，如果自己能够像K女士赠予的那句诗那样，紧咬着花茎阔步前行，就可以攻克这种恐惧了。她绝不能离开花，哪怕是片刻。桂子抖了抖肩膀，从肉体的力量中得到了自信，开始径直前行。

这条路的入口处立着一个禁止汽车出入的桩子，小布施的住处在穿过朴素的住宅区宽阔的道路后右拐的第二栋房子，一楼是和室，二楼是画室。

新芽从光叶石楠的围墙中探出头来，桂子掐下了两三个新芽，又随手丢掉。她推开松木门扉，抬头看到了一个新的招牌，上面写着“程君画房”，笔迹带有小布施这位西式画家的风格，牌子上还有雨点刚刚干透的印迹。桂子的直觉告诉她，小布施的身体状况估计不是很好。

小布施看起来恃才傲物，但其实对时代的潮流十分敏感。十六七年前，他在矢来町的Y老师的画室和桂子一起学习，从那时起这特质就开始显现，直到逐渐独立出来，他都一直在参考并吸收后期印象派、达达派、表现主义、新古典主义和超现实主义流派的画风，这些流派都是日本艺术界的先锋。当然，通俗派他也积极尝试。

桂子佩服他没有失去一个青年人的战斗精神，但也担心他太忙于漂泊，无法深入研究任何流派。他自己也意识到了这一点，尽管一直在吸收现代派的风格，并尝试以诗歌的形式展示，但他对这样的自己十分厌恶。而这厌恶的情绪，则以讽刺的笔触和暗淡的色调为武器，将矛头指向了观众。公众感到困惑，只能把他归入大器晚成的画家之流。当然了，他的画卖得并不尽如人意。

桂子注意到，随着潜伏在他体内的结核病开始侵蚀他的肺部后，小布施显得更加焦躁了。“只要我有钱，就会保证你的生活。你不要焦虑呀，这样对身体不好。”桂子不止一次这样告诉小布施。但他每每都会回答：“不，不是这样的。人类总是想要通过一些手段来向社会证明自己的存在。”

他不再画抽象画了，收起了他的西洋画具，反而顺着反思东方艺术的潮流，开始专注于水墨画。桂子多次听到小布施提起中国古代水墨画家的名字，比如程君房[1]、方于鲁[2]等，但这对桂子来说太陌生了。小布施现在竟然觉得必须把这些名字当作自己住所的雅号，还写到了门牌上。随着病情的发展，他追赶潮流的执拗越发严重，似乎在每一件事上都需要得到社会的认可。

桂子一进门，就发现小布施在一楼十二叠大的和式房间放了一扇桃山式[3]的屏风。他正躺在中间的床铺上，床边凌乱地散着珐琅质地的锅和西餐盘，其间还有水墨的桐木箱和涂抹着水墨的宣纸，水笔杂乱地丢在纸上。“哎呀，你这是怎么了？怎么这副模样？大姐呢？”

小布施早先就听到了桂子进门的脚步声，却故意一直盯着明信片相册看。听到桂子张口说话，他才恍

1 程君房，中国明代制墨家，生卒年不详，活跃于万历年间。

2 方于鲁（1541—1608），明代万历年间著名制墨家。

3 指日本桃山时代（1573—1603）的艺术风格，特点是强健、奢侈、华丽，多使用金箔。

然被强光直射般眨巴眨巴双眼，抬起头看了看桂子。由于经常发怒紧皱眉头，他的眉毛悬在高高的额头上，眉下细长柔和的眼睛里有些许血丝。

小布施此时正怯怯地看着桂子，原本苍白的脸色突然微微发黑。“阿繁（女仆的名字）昨天请假了。现在，没有一个女孩会仅拿工资就愿意待在一个单身病号的家里咯 —— 除非能给她一份有继承权的结婚契约。”他说这话时口气有些讽刺，但马上又正经起来，“先不说那个，我已经两三天都没见到女仆了，烧水呀还有其他繁重的工作太累了，也没有心情看书、画画，所以我就一直躺在床上研究你。我想，你毕竟是个女人，而女人天生就有一种贞操，这种贞操最后会从根本上解决一切问题。你怎么看？”

小布施来回翻动明信片册子，似乎是为了证明他的这番话而露出了很怀念的表情。桂子以前从未见过他这样，这次轮到她被强光耀到，眨巴眼睛了：“你说什么无聊话呢？我的问题现在不重要吧。你的病怎么样了？”桂子问道，虽然她在心里还是想多听听小布施对她的评价，“你怎么这时候把册子拿出来了？”

这本厚厚的明信片集是桂子在国外时一张一张寄

给小布施的，代表着他们两个人之间的过去，甚至没什么必要仔细回看。“现在看这些明信片，我觉得你在国外收集它们时，只是在收集引起你兴趣的风景、戏剧、图片、陶器、娃娃等，但当你把它们寄给我时，你应该是为了启迪我吧。顺便告诉你一件有趣的事，当我看你在这三百多张明信片上写的内容时，我发现虽然每张的问候语和你对旅行的描写都不同，但当我试图找到类似于你的主观思想的东西时，我察觉到有一个贯穿始终的主旨。”

“是什么主旨呢？”

“我说出来你肯定也会惊讶。简单来说——你想用鲜花来作画，颜料已无法满足你——我记得当时我二十岁，你二十二岁，那个时候你第一次凭想象画出了自己的作品，而我却昏了头，批评了一句。结果，你闷闷不乐了两三天。然后突然去找Y老师，跟他说你想用鲜花作画，只用颜料远远不够。说完，你就把调色板打碎了。”

桂子听到这里，清晰地记起了当时的场景——二人原本已经快自然而然地发展为恋人关系了，但经此事后他们的关系停止发酵，开始转变为友谊。那之后桂子回到了身为花道宗家的父亲身边，开始着手插花。现在，小布施突然把明信片集子推到桂子面前，说在这么多明信片上都能看到她当时的坚持和执念。

“我在寄送明信片时从没这么想过。”

“那这样吧，咱们挑几个地方读一下。你看这里，你写了些前卫的艺术理论，然后你又写，‘这个艺术理论也会被应用到我的插花艺术当中。不管怎样，我会用我自己的方式——无论是我独有的理论还是感性——来表达我的全部生命。’你看，这可太明显了。”

听到他这么说，桂子想到自己刚才在坡上眺望城市屋顶时产生的关于银色翅膀的幻觉。与那种欲望、感情出自同一体系的某种东西，是不是也存在于寄给小布施的明信片内容当中，并被他觉知到了呢？

听了小布施如此直白的表达，桂子突然觉得她刚才的幻想有些羞人。但她面前的小布施却摆出一副积极应战的姿态来：“这样不也挺好的吗？”小布施变得越发兴奋，似乎已经无法抑制自己的情绪了：“我感觉最近找回了东洋人的本性，能镇定地看透一切事物。因此，根据我对你的观察，过去当你的作品被攻击时，你表现得非常激愤，拼命捍卫自己，那时你抓住的救命稻草就是继承家里的插花事业，这就是为什么你这半辈子都在侍奉鲜花中度过。如果你当时没有把继承家业当成后路，而是有一个男人恰好出现在了这个位置的话，我相信桂子会把她对花的所有热情和忠诚都倾注在那个男人身上。她将成为一个忠实的家庭主妇以及妻子。”

桂子本想开口反驳，但小布施却抢过话头：“从天性来看，你就是这样的女人。”

桂子无话可说了，她对小布施这种自以为是的语气感到不可思议，这几乎是一种病态的独断专行。桂子不知道为什么小布施能如此武断，又毫无良心上的自我谴责。但很快，桂子意识到，对于一个精神上有气力，但身体却虚弱的男人来说，拥有个性的女人让他们感觉到很有负担。他们会强行把这种女人的天资看作是男性的隶属品，以此来试图找到自己心理的平衡。这种本能现在一定也已支配了小布施。若是如此，那么现在须首要关心的便是小布施的身体情况。“先不说这个，你今天的身体如何？”

“好啊，这就把话题转到我的身体上来了。真是可喜可贺。”小布施故意以轻佻的方式谈论危及生命的事，这使桂子不由得一怔。但她转而意识到，这是一个长期饱受病痛折磨的人的绝望讽刺，心里反而对他产生了怜悯。

“……”桂子陷入了沉默。

小布施对自己的疾病已十分厌烦，甚至不喜欢他人的慰问，他开始说反话，以应付桂子等人的关心——这渐渐地成了一种习惯。桂子感觉有些冷，于是放下了两只袖子，然后她看了看庭院。院子里的花坛已经被移走，覆盖着青苔的平地上只剩下了一些石头和紫竹。这大半个月桂子都忙于练习，没有前来探望，倒是泉子会不时地来看望小布施，但她并没有跟桂子提过任何关于庭院的变化。桂子注意到这变化，于是问：“什么时候修的院子？泉子什么都没有跟我说呢。”

“差不多十天前吧。反正我也没有多少时日了，就叫了园林工人来，匆匆忙忙地三两天就收拾完了。这个房间和这个院子，除你之外，我不想让任何人进来。我要独自欣赏这美景，直到死去。”

夕阳洒过隔壁瓦屋顶的一角，余晖落在了院子里。竹子和石头的一侧染上了橘色，另一半则没在了阴影当中。微风拂过，紫竹微微摇曳。“这新栽的竹子也能发出悦耳的沙沙声，听起来很奇妙。我夜里一个人聆听时，就感觉好像十七八年付出的所有无用的努力和疲劳都在一瞬间消失了。虽然有时也会有所感伤，但都很正常，没什么大不了的。”苍月与薄暮并行，中庭里雾霭弥漫。

“人将死的时候，还是东洋这种枯淡的景致比较合适啊，淡淡的。”桂子被他的一番话扰乱了心绪，久久难以平息。她沉默着开了灯，收拾了床铺周围的碗碟，然后把带来的那包钱塞到了小布施的枕头下面，说：“不管怎样，我会让泉子来照顾你的。我再找别的医生给你看看吧，可不要这么轻易就放弃自己的生命。”语毕，桂子便离开了画室。

当桂子离开房间时，躺在床上的小布施摆正了他那比别人壮实不少的身体，然后用手捂住了自己的眼睛。

十天后，桂子讲习所开业五周年的纪念活动将在Q艺术馆举行，那时正好是鲜花绽放的时节。桂子需要麻烦同行展出作品，又得跟各方亲友打招呼，还得指导弟子们手头的作业，当然还得顾着自己的作品，忙得不可开交。

关于租用Q艺术馆一事，双方本来都已达成协议，却由于有人暗中捣鬼，在距离大会举办只剩十天的这个当口儿出了问题。在桂子看来，其中定有猫腻，他们的理由是，这家艺术馆以前从未举办过插花展，而且中介人告诉桂子，艺术馆负责人突然开始强调，迄今为止，在这家艺术馆展出的美术品和工艺品都是一流作品，要是这次出于野心而冒险尝试的话，搞不好会砸了艺术馆多年来的招牌。

虽说是讲习所成立五周年庆典，但实际上，这也相当于桂子在新插花界的正式出道。除了孤挺花、郁金香、康乃馨、大丽花等平时常用的西洋花卉之外，她还创造性地使用了珍奇的南洋鲜花、罕见的寒带鲜花以及草木枯叶等，以此展示她试图打破以往那些单纯模仿传统花道的风格，彰显自己的新兴艺术手法的效果。桂子最开始的计划就是凭借这份自信和成绩来崭露头角。

无论如何，桂子的热情被点燃，她觉得自己不能就这样被击垮。然而，最终还是没能成功借到Q艺术馆。场馆问题的烦恼、插画展无法举行的尴尬等不如意，让桂子觉得十分丢脸，身心俱疲，这一阵子她甚至都开始睡午觉了。

不知何时，花已经凋零了，桂子感觉到季节变化得比她自己焦躁的心还要快。

今天也是如此，当桂子卡好茶室推拉门的锁扣，头枕着竹枕躺在榻榻米上时，终于感到自己的世界多少恢复了一点儿。自从让泉子去看望小布施，手边的事情就处处不顺心。出生于加利福尼亚州的内室弟子桑子接替泉子来照顾自己，这孩子做事过于走流程，许多事都做得不合桂子的心意。而且，有些事必须让自己的外甥女泉子来做，没法拜托别人——比如放在卧室暗橱里的夜壶。就算它的波斯花纹再怎么秀雅华丽，也没法交由桑子来打理，只能自己动手。桑子在成年之前一直在外国长大，不太懂日本的习惯，做起事来有时会流露出可爱的姿态，这有时倒让桂子感到安慰。

插花老师会隔三岔五地从学生那里收到礼物，有一天送来了下町料理店的鲣鱼土佐造[1]，鲣鱼肉片盛在

1 日本高知县的乡土料理，做法是将鲣鱼表面略微炙烤，使之达到轻熟，而本体依然保持生鲜状态。

漂亮的祥瑞图案盘子里，一侧被稻草烧制过，不透明的烤肉颜色晕染成了生肉一般的石竹色。桑子盯着稻草烤过的一边，问桂子道：“老师，这生鱼片是不是腐烂了呀？”

那一刻，桂子感受到了一种炽热的爱，就像她有一个顽皮而好奇的孩子一样。桂子握住桑子的手说：“桑子！好了，好了，不说了！”

除此之外，桑子还搞砸了一件事——檐廊处的金鱼玻璃缸被桑子清洗得干干净净，好不容易积下来的长满水绵的水，被换成了未晒过太阳的干净的水。不过桂子觉得，在夏季这么做也挺不错。她眺望着庭院和檐廊外的景象，这段时间太忙了，她已经许久没有仔细欣赏过风景。

初夏的阳光照着整个庭院，阳光爬上檐廊，从侧面照在金鱼玻璃缸上，水和底部的玉石看起来像是一块困住了昆虫的水晶。两条耀眼的金鱼摆动着鱼鳍，似乎对新环境有些疑惑，但又马上适应过来，在新水里畅游。

金鱼的身体上有白纱状的鳍和五彩的豹纹，欢畅游弋的金鱼扭动身体，就像散乱又美丽的流苏。斑马摆件仍然用口鼻碰着玻璃缸的外壁，琥珀色的眼睛瞪得溜圆，鱼缸盖上的花瓶里插着一束绿色的麦穗。兴奋和疲惫混杂在一起，让人难以入睡，同时桂子隐隐预感到未来还有更多的困难在等着自己，但这并没有让她产生不悦，反而更添了喜气。“我到底是什么样的女人呢？甚至偶尔会在斗志昂扬中感到一阵阵带着疼痛的快乐……”

渐渐地，桂子进入了半睡半醒的状态。她的瞳孔放松，眼睑重重地垂下，时不时反射性地想要抵抗睡梦来袭。而每当这时，庭院里的花都会触动桂子如萤火般闪动的眼睛，带她沉沉入睡。

庭院里，以叶樱为背景，建了一个小型的池塘。这个池塘模仿了大和国分尼寺的远州[1]庭院设计，有一种女性的温雅风格。眼前的檐廊边有一个大花坛，桂子的学生和花店的人偶尔会带来一些带根的植物种下，有时还会种些温室花盆里开过季的花。这些花的花季各不同，或者说蓬勃的鲜花一齐守望着四季。桂

1　远江国的别称，现为日本静冈县西部。

子的学生们把这里叫作“鲜花姨舍山[1]”或“鲜花百货店”。不过初夏时节，是花开得最美的时候。

桂子不断地进出梦乡。她看到了罂粟花、鲁冰花、小判草、杜鹃花、紫菀、香豌豆、鸢尾、铃兰、金鱼草、银莲花、风信子、棣棠、蔷薇、小金雀、郁金香、花菱草、大浜菊、雏菊、松叶菊、剪金花、矮牵牛花等等。这些花有白、红、紫、橙等各种颜色，它们互相交融、互相交织，逐渐形成一个巨大的花环。接着，数百枝，甚至数千枝的茎叶合在了一起，变成了更巨大的花茎、花叶和花枝，支撑起了这个巨大的花环。

就在此时，一个巨大的声音响起。

“哞！哞！”

白玉般的汗珠无声无息地滴落下来，浸入大地。大地不知何时逐渐变得透明，地底下几枝白玉树根交织缠绕在一起形成了粗壮的树根，支撑着地上的花环，就像卡通电影中的画面一般，十分鲜明。声音是从那里发出的。

---

1 原文作“姨捨山”，参考第59页注释。

“哞！哞！”

桂子半梦半醒之间模糊地想，这难道就是儒勒·罗曼[1]奉行的“旧一体主义[2]”里，试图给人类建立起机械和神秘性体系的那个精舍吗？

“……”

桂子又想，这不就是保尔·克洛岱尔[3]曾经大胆无畏地宣称：“我主在现代的停车场，也在剧场里。”那所谓的“韵致”天主教义的象征吗？除此之外，还有什么来着？

“……”

桂子自从事艺术工作以来，总能遇上让自己深受感动，甚至凝神屏息的思想，尽管它们往往稍纵即逝。而无论这些思想如何咄咄逼人，其中都蕴含着对女性的尊重，像天鹅绒一般温柔。这些思想，现在正

---

1 儒勒·罗曼（Jules Romains，1885—1972），法国诗人、剧作家，代表作有讽刺喜剧《科诺克医生》等。

2 20世纪初法国的诗歌流派，由儒勒·罗曼倡导。该流派主张作家应致力于描绘同一团体内一致的精神和心理状态，而不去探索个人的灵魂。

3 保尔·克洛岱尔（Paul Claudel，1868—1955），法国象征主义诗歌、戏剧的后期代表人物，作品多以东方文化为创作主题。

在造访桂子梦境中的意识。

“……”花朵纹丝不动。

不过，“哞！哞！”桂子发出了有力的声音，白色的汗珠滚下。或许花儿存在于人的意识诞生之前，盘踞在实际感受当中，是一切美丽的源头，无始无终。因为它是一切的“始”，所以没有人能够亵玩。若真是这样，花是不是已经成为地球上的一股强大力量呢？

这时，花朵散发出一阵优雅、芬芳的气味。桂子迷迷糊糊地想，为了能让花充分吸收水分，弟子们正在练习所里烧芍药的花根。

桂子的头脑逐渐清醒。这时，梦中的巨大花朵逐渐成为现实花坛中的一朵朵花，从巨大的花轮中分裂出来，回到了花坛中原本的位置。

泉子在庭院里呆呆站着。听到桂子问她“你怎么了”的时候，她弯下腰，羞涩地向桂子行了一个大礼。那腰间巧妙缠绕的腰带，衬托出和服下摆小心翼翼错开的幅度。她时刻注意着自己的袖口，这姿态和在家里时全然不同。更让桂子震惊的是，小姑娘略带忧郁的表情当中，潜藏着一种觉悟和自豪感。

桂子身边弟子众多，早已习惯如何对待处女，并且，在十六年中她把一切都献给了鲜花，过了十六年的禁欲生活。因此，桂子已经养成了超越常人的敏锐的性鉴别力。桂子立即明白了，她的外甥女已经从女孩蜕变成了一个成熟女人，而作为她的亲姨母，自己也毫无办法。之前，她们俩一个是单身女人一个是处女，相亲相爱，没有什么可隐瞒的。但现在这段关系却出现了隔阂。泉子是和谁发生了关系呢?

桂子心里如同被烙铁烫了一般，心想："糟了！"

"泉子，你怎么不进来呢？"

"那个，我去帮小布施先生买东西了……"泉子故意用冷淡的声音大声说出小布施的名字，桂子反而有些语无伦次了。

"那你坐这儿来吧。"桂子把坐垫放在了外廊上金鱼钵的旁边，对泉子说道。被泉子的客套感染，桂子自己也变得十分客气，她感觉很不可思议。

据泉子说，小布施的病情发展不太理想，唯一的办法是对受结核病影响的部位进行X射线检查，但小布施坚持不肯住进专门医院。每天早晨鸡鸣前后，小布施腹部病变的部分就会开始剧烈疼痛。

“疼的时候，他又哭又笑的，就差说一句，我喝完茶就去死了。我不安极了。但是他块头那么大，我才不信他会死呢。”泉子的呼吸沉重，仿佛一定要用自己的热忱来帮助这个男人，这比她说的话还更加刺激桂子的心。

桂子一直强调她和小布施之间不是恋爱关系，但当桂子回顾过去时，却发现了一件让自己羞涩忸怩的事——男人身体的气味会给她带来慰藉。小布施体格比别人大，身上的体毛如法兰绒般柔软，散发着干草的清香。这似乎是他常年多病的体质特有的味道。就算不在他身边，仅仅在脑海中幻想那气味，就能抚慰桂子的心。小布施的体味带来的影响超越了时间和空间的距离。桂子归国途中，在和日本相隔甚远、几乎在地球另一端的大西洋上的汽船中时，也是因为回忆着他的味道，才得以在女性专用船舱里安然入睡。

没有办法——又不能与他直接肌肤相亲。桂子发誓要将贞操献给鲜花，她只能时不时地用这样的借口劝慰自己。

怎么说呢，想到一度以为与自己交情淡如水的男子，连其体味都被别人独占，桂子心中生出一种极其痛苦的火焰，搅得体内天翻地覆。她常年构建出的秩序、善恶判断、殉道于艺术的觉悟似乎都要被颠覆了。

但桂子没有立场指责小布施和泉子的关系。小布施又没有被哪个女人打上情人的烙印，他只是桂子进行物质资助的对象，想跟谁自由恋爱抑或结婚，都是他的自由，她不能说她的外甥女偷了自己的东西。泉子对姨母和小布施关系的顾忌，也许只是出于没有合适的机会表达而表露出的谨慎罢了。

“小布施先生最近有没有说找我有事呢？”桂子强装作不以为意的样子，轻飘飘地问道。

“没有呢。哦，对了，他说最近很喜欢喝煎茶，所以如果有什么好的煎茶，请拿给他……”

桂子找了一盒煎茶，连同要交给他的钱款一并交给了泉子。泉子离开了，背影好似一个娇小的年轻妻子。

“在泉子回来之前赶紧跟我讲讲。我不想让泉子知道这些。”桂子说道。她来到了小布施的病房。桂子前思后想，最后还是决定从繁忙的工作中抽身来看望他。泉子一般都习惯深夜去公共浴池，桂子把握住这个机会，深夜造访小布施。桂子想，自己怎么沦落到了要趁别人不在来造访某人的地步，心里不由得感到一丝凄凉。

“我脑袋也开始不清楚了，觉得一切都无所谓了，其实也没什么特别想跟你交代的事，”小布施靠着枕头的支撑，好不容易趴了下来，“不过你要是问的话，我也可以老实告诉你。你和我曾经的确真心相爱过。”小布施平静地说道，好像在谈论别人的事情。

“我也是突然才意识到这一点的。不过不管怎么想，这么长时间内我一直没动过结婚的念头。”和小布施一样，桂子说话的语调也十分平淡。

“我们两个真是不可思议的一对啊。你的身上似乎流淌着一条河流，那是在你出生前就已经注定的脉络。不管途中遇到什么，你都能够将其卷入你的河道中去，让自己的生命之河越发宽阔。而我就不一样了，我的生命宛如一个池塘，而这池塘里的水也即将被我挥霍殆尽了。”小布施声音嘶哑，仿佛他的肉体即将枯萎，他喝了口粗茶润了润嗓子。

他觉得人类的本能看似愚钝实则灵巧，看似灵巧实则愚钝，很难说清楚。他从一开始就爱着桂子，屈服于桂子生命的强劲河流。那滚滚生命之流奔涌向前，片刻不息，越发宽广，但这河流的响声也让小布施感到十分折磨。更何况，对于那些生命之水恒定、已经将一切交由命运做主的人来说，这种折磨就像把自己的生命从边缘处剪掉一般不安。

“你画的第一幅画是牡丹花。当我看到它时，我惊讶地发现它充满了蓬勃的生命力，甚至单纯的绘画作品都无法完全显露出那种力量。画布上有一种超越画作本身的野心，以一种凌人的气魄在画面上翱翔。所以我就没有多想，直接怒喝了一句：‘这不是画！’”

“我想起来了，是那幅苍白到快要燃烧的白牡丹画吧。”

如果坚持耐心地追寻那幅画的意义的话，桂子也许就能够从绘画领域找到她未来发展的路了。也有可能桂子完全在她的艺术道路上走了岔路。不过小布施在还没有看得那么透、那么远的时候，就对她的天资产生了一种本能的排斥。

他说：“这也没办法。有时，人们会受非感性也非理性的东西控制，在你意识到之前，你的身体就已经开始行动了。”小布施因为自己和泉子的关系，企图将桂子从自己的生活轨迹中剔除。这让他松了一口气，但同时又被一种不可名状的落寞填满。

“坚强的生命，”小布施继续说道，“会折磨弱小的生命。如果说折磨这个词不合适，那我们可以换成极其宠爱、惦记等词语。虽然有点儿不恰当，但就像一个孩子发现了一只金钱龟，他会让它在水里游泳，在水桶口爬圈儿，或是把它翻过面来。小孩子对和自己不一样大的生物是十分好奇的。”

桂子从欧洲向小布施寄来明信片，向他介绍新画派，分享自己的感想和意见，每每读到这些内容，小布施就会感到心烦意乱。桂子把这些内容当作时下流行的服装，随意穿脱。小布施为了和桂子同频而不断地裁剪自己的肉体和精神，试图能够跟上桂子的时尚。结果最后，小布施只是在不断地浪费自己数量恒定的生命之水。

“不，不是这样的。我只是想让你变成一个有自己风格的杰出画家而已。”桂子再也无法忍受了，想也不想就把手放在了小布施掀开一半的被子上，说道，“我只是记录下了我的思考，没有一丝一毫想戏弄你的想法。”

小布施越来越疲惫了：“这是真的。你那只是伪装起来的爱罢了。两个生命体量不同的人谈爱，结果必定十分悲惨。”桂子知道小布施说的话有一定道理，但是想到现在的小布施已经和自己毫无关系，还是不由得崩溃大哭起来。“但我不是你说的那种一味逞强的女人。我现在什么心劲儿都没有了。”

小布施深吸一口气，坐了起来，怜悯地抚摸桂子富有肉感的背：“怎么了这是？体格这么大，年方三十八，还这么漂亮，哭什么呀？可能这一段时间会有些不好过，但你的韧劲不会放任你消沉的，你一定会很快重新振作起来。”

桂子觉得她必须说些什么：“你和泉子在一起，是因为和我赌气吗？”

“不，不是的。”听到她这么问，小布施一下子停下了抚摸桂子背部的手。

过了一会儿，他再次慢慢摩挲她的后背：“可以说这是遵循自然的意愿而为。在这世上有很多不完整的人，对这种人，大自然会给他们留一个孩子……”

他累坏了，又躺回床上。他脚尖朝上躺着，但身体却歪向另外一侧。他双手交叉放在额头上，似乎自言自语道：“等我的孩子长大了，医学估计已经足够发达，结核病之类的就不会对身体构成威胁了吧……”

Q艺术馆租借不顺利，再加上小布施的事，让桂子度过了无力又虚弱的一年。不过与此同时，她的信誉和声誉也不断提高，这次反倒是Q艺术馆来邀请她在馆里办展了。

桂子并没有为她自己的好运所感动。“当你能做到某件事时，你就已经不再需要它了。”这是桂子对事物演变发展的一贯感受。但最终，她还是需要某种力量，来帮自己从虚脱状态脱离出来。

“口衔红花行世间，无惧亦无忧。”就像她的朋友赠予的诗句那样，与其说桂子把花衔在了嘴里，不如说桂子是咬住了花，并拼命地抓紧了花。这给予了她超群的活力以及思考能力。

在这里，我把桂子对花的热爱和理解总结了一下，以帮助各位读者理解，大体如下：

花的颜色都是从花朵生命中直接渗透出来的彩色的灵魂。比起人工炼制的颜料，桂子更希望能够使用拥有纯粹色彩的鲜花来作画。——人工颜料里有反色，看起来往往不和谐，互相起冲突。

然而，用花作画时，用的却是花本身的颜色，是经由太阳光线反射出的色光。每一朵花，在原色上都会呈现出色彩的由浓到淡。这些色彩无法清晰地一分为二，要是被分开了，那就不是花了。这种看似混合起来的中间色，总是显露出最大限度的色彩饱和度。最纯的色度，无论如何混杂搭配，也不会出现矛盾、冲突、不和谐等情况。因此，一朵花也不寂寞，许许多多花聚在一起也不喧闹——花的姿态和形状是万物之理想。在花的世界里，即便是生殖器也可以表现得庄严肃穆。

桂子看过巴尔扎克的小说《不为人知的杰作》，故事的主人公是一位画家，为了追求绝对完美的绘画，他将画布涂抹殆尽，竭尽疯狂，世人根本辨认不出他画的是什么。读到这里，桂子不禁潸然泪下。眼泪止住后，桂子感到一种迫切的愿望，想要告诉故事的主人公，这世间还有花。

夜半突然醒来时，在黑暗中看到的花的姿态，能让桂子感到一种无比优雅且充满神秘感的喜悦。花蕴含着能够刺激观者荷尔蒙分泌的美感——桂子想，也许这就是为什么自己这么年轻——她曾在对花儿的注解中，写过两句古老的东方经文，那就是："熬过人生的一切苦难，埋下并孕育理想的种子，待其开放时，会有完美人格诞生。而宇宙则会以植物的形式，象征这样的人格。并且，爱一朵花，是未完全成熟的人格在无意识中对已完成者的艳羡。"

此外，桂子还写下了自己的感想："即使是米粒一般大小的花，也表达着一切树木花草的性格与生命力。花把大地的一切污秽都用来滋养自己，而后在阳光下、在地面上开出缤纷的绚烂。这般强劲的生命力，就是花之劲。"

终于到了桂子用花创作的画作公开展览的日子。展览在Q艺术馆的所有房间举行。主要作品如下：

一楼——代替玄关的屏风，一条从树上剪下的硕大松枝，插在上了漆的大船造型的花器上，藤条如波浪般在松枝间摇曳。红木、白色合金以及深灰色大理石材质制成的大气平流层质感的壁炉，其上插着一枝寂寞的红木爪。

窗边——鱼鳞状纹理的酒桶上箍着红铜，大小两条蔓枝从酒桶伸出，绕着窗框向上攀爬，紧实的深绿色叶片的背后，南五味子上缀满了像是绢布包裹着的红宝石一般的小花。地板一隅摆着一座充满忧郁气息的铅制九曲桥，它的每个棱角上都插着燕子花，让人联想起王朝时代[1]的如火热情。

二楼——楼梯最上面的转角的右边有座小山丘——不，那是一个像小山丘似的素烧大花器，上面插着整株招展的大红色山茶花，那山茶花树的树龄足有好几十年，花朵比花器还要大一圈，它的枝叶向四面伸展着。左边同样也有一件作品，是藤编的大鸟笼，不过笼里并没有鸟，而是三彩南洋花在婉转啼鸣。圆柱背面的菱形灯笼里点着一盏淡紫色的丁香灯。墙壁一处突出的柜子上，金属质地的敞口浅花瓶里插着干枯芦苇，宛如圣人模样，同一个瓶中还有三支钓鱼竿，似乎在表现给圣人献花的画面。正面的大

1　即天皇亲政的时代，一般指奈良时代、平安时代。

花坛，背后是模拟月光清晖的照明，前方则是如太阳一般炽热的一大簇牡丹花。

三楼——黑书院[1]的宽阔地板上，百济观音[2]的右手摆着施无畏印[3]，与其口中衔着的麻质花朵相得益彰。背景是雪村[4]画轴中的夏日山水风景。旁边地板上的菱形松皮花器中，插着绚烂的红黄玫瑰，仿佛代表着鹿鸣馆[5]时代的奢华。

茶室——小小的房间里只摆着一个古老油壶，里面插着即将成荚的油菜花。背景是八大山人的秃笔兰花画。

走廊一角——白瓷大水盘中，红白色的康乃馨竞相开放，仿若是一幅《百花争艳图》。

食堂——慕尼黑国立啤酒饮用场的陶质啤酒扎里

---

1 日本幕府及诸大名城中的书院。

2 现藏于日本奈良法隆寺梦殿的木雕佛像。

3 佛教手印之一，姿势为伸出或举起右手，手指自然向上舒展，手心向外。

4 即雪村周继（1504—1589），日本室町时代后期著名的水墨画画家。

5 明治政府设置的社交场所，主要用于接待国宾和外国的外交官。

插着石楠花和透百合，细长的带耳花瓶里，插着雏菊和香豌豆。威尼斯大玻璃盘上则盛着金鱼藻和水莲。

每件插花作品都有标题。苇屋宇奈比处女[1]、竖琴、徒言歌[2]、初始的沉思、恬静书签、白发、文艺复兴时期、放牧、乔治·桑、奈良、哥特式、紫式部、初恋、盛宴、押韵诗等，标题之多数不胜数。

还有一间特殊展厅，是一个大房间，和弟子们的作品相隔甚远的一处角落里，摆着两件在这次展览中尤其受欢迎的作品。一件名为“摇篮”，另一件叫“棺木”。可爱的摇篮由生铁和人造纤维编织而成，边缘插着一个郁金香的圆形花蕾。乍一看构造很简单，但还是给人十分雅致新奇的视觉感受。而大型的棺木则用了秩父[3]出产的蛇纹石，中间挖出了一个人形，底部插着柔软安详的铃兰花。

这一天，桂子身着一身淡蓝色的洋装，看起来接近纯白色，她的装束与每件插花作品的色调都十

1　又名苇屋菟原处女，是日本古代争妻传说中的主人公。

2　和歌六种文体之一，指不借物比喻，平实表达内心感情。

3　日本埼玉县西部的地名。

分协调。桂子不断微笑着，与从城市各处聚集而来的观众们问候交谈，偶尔会有熟人向她表示祝贺，这时她便会鞠躬致谢。她还对报纸记者表示感谢，他们说将极尽一切鼓励之辞，来报道桂子对新艺术形式的勇敢尝试。

到了夜晚，观众都离场了，会场内冷冷清清。泉子从家里开车来接桂子。因为之前一直抱着婴儿在会场里穿梭，泉子已经很累了，现在正在食堂里喝东西——桂子独自站在夜空下，在Q艺术馆顶楼的庭院里停下了脚步……

小布施先生……桂子将手帕放在眼睛上，终于还是哭了出来……小布施先生……虽然呼唤的是已经过世的小布施的名字，但桂子的眼泪，实际上也为她自己多舛的命运，为她自己的悲苦、忍耐，以及强烈的潜在感情而流。

桂子突然意识到，她脚下的整个展览馆的花朵，全部都在支撑着顶楼上的自己。这正是桂子支撑自己生命向上伸展的坚韧力量，是永远新鲜的气息。

桂子不再哭了，她张口道："花之劲。"然后用力点了点头。夜风缓缓吹动她的衣裳，她自己仿佛也化身为一大株花，静静地伫立在夜色当中。

图书在版编目（CIP）数据

金鱼缭乱 /（日）冈本加乃子著 ；刘汉域译 ；文洁若主编. — 北京 ：文化发展出版社，2024.4
ISBN 978-7-5142-4322-2

Ⅰ. ①金… Ⅱ. ①冈… ②刘… ③文… Ⅲ. ①中篇小说－小说集－日本－现代②短篇小说－小说集－日本－现代 Ⅳ. ①I313.45

中国国家版本馆CIP数据核字(2024)第074321号

金鱼缭乱

著　　者：[日]冈本加乃子
译　　者：刘汉域
主　　编：文洁若

出 版 人：宋　娜　　　　责任印制：杨　骏
责任编辑：孙豆豆　　　　责任校对：岳智勇　马　瑶
特约编辑：陈理理　　　　封面设计：李果果
出版发行：文化发展出版社（北京市翠微路2号 邮编：100036）
网　　址：www.wenhuafazhan.com
经　　销：全国新华书店
印　　刷：河北朗祥印刷有限公司

开　　本：787mm×1092mm　1/32
字　　数：88千字
印　　张：8.5
版　　次：2024年5月第1版
印　　次：2024年5月第1次印刷

定　　价：77.00元
I S B N：978-7-5142-4322-2